KB266098

운명을 바꾸는 감정의 비밀

운명을 바꾸는 감정의 비밀

The Secret of Emotions

판도라 킴 지음

차례

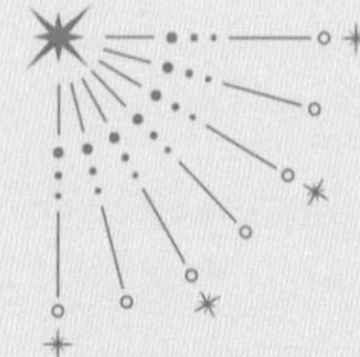

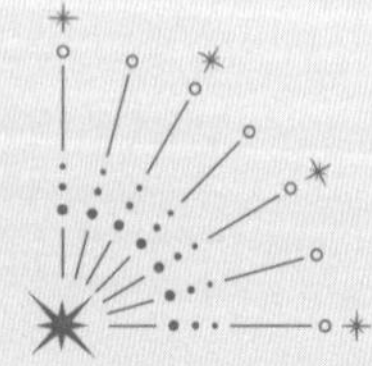
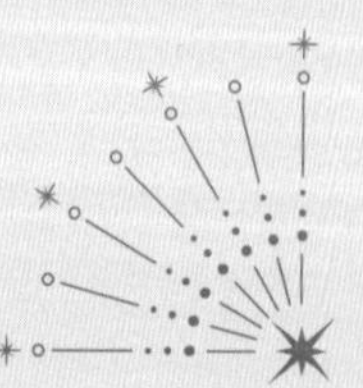

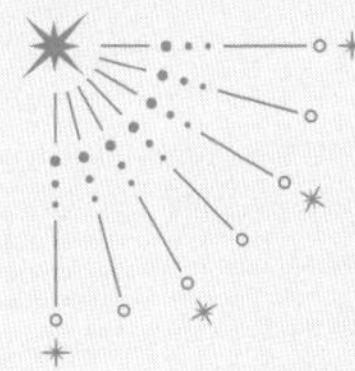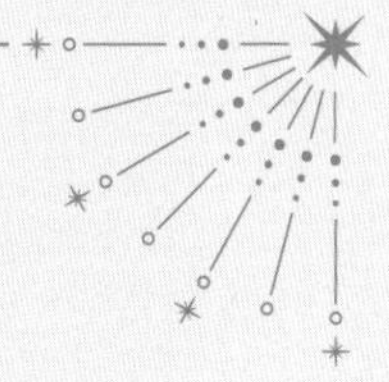

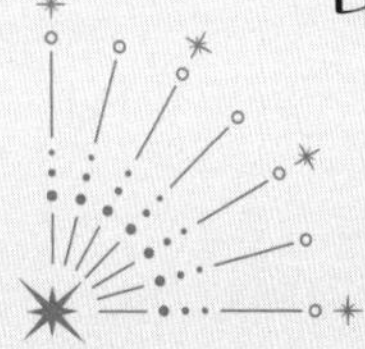

이 비밀을 세상에
공개하는 이유

'감정으로부터 완벽하게 자유로울 수 있다면 얼마나 좋을까?' 지금의 내 삶은 이 한 문장으로 요약 가능하다. 매일 행복한 일상을 보내며, 사랑하는 사람들과 애정 어린 시선을 주고받고, 감정적인 풍요와 물질적인 풍요 속에서 꿈을 실현하며 살아가고 있다. 가고 싶은 곳에 갈 수 있고, 해보고 싶었던 것들을 이루고, 만나고 싶었던 사람들을 만난다. 나는 매일 '이보다 더 즐거울 수 있을까?'라는 행복한 생각을 하며 하루를 마무리한다. 이상향을 향해 나아가는 이 길에서, 과거에 꿈꿨던 모든 일들이 실제로 이루어지고 있음을 실감하고 있다. 때로는 믿기지 않을 정도로 비현실적인 삶을 살고 있다고 생각한다. 영화보다 더 영화 같은 인생을 살고 있는 기분이다. 언제부터 내 삶은 이렇게 바뀌었을까?

모든 수수께끼는 감정을 다루는 법을 깨닫고 나서 풀리기 시작했다. 감정적인 고통 속에서 허우적거리던 시절, 나는 한 가지 결심을 했었다. 언젠가 이 끔찍한 구렁텅이에서 반드시 빠져나와, 나를 괴롭히는 모든 감정을 완벽하게 다루는 방법을 익히겠노라고. 감정을 제어할 수 있게 된다면 이 비밀을 세상 모든 사람들에게 알려, 더 많은 사람들이 감정으로부터 자유를 얻을 수 있도록 도울 거라고.

모두가 행복을 향해 매일 노력하고 인내하며 살아가고 있다. 그러다 보면 때때로 길을 잃기 쉽다. 행복을 위해서 오늘을 희생하고, 막연한 해피엔딩을 기대하며 오늘을 고통 속에서 보내야만 하는 현실이 아이러니하다.

행복은 어디에 있을까? 행복은 마음에서 시작된다. 외부의 특정한 환경이나 조건에서 느끼는 행복은 유한하지만, 마음에서 시작된 행복은 무한하다. 언제나 행복하길 바란다면, 조건 없이 행복해지는 연습부터 해야 한다. 만약 지금 당신이 끝없이 행복할 수 있다면 현재의 삶 속에서 어떤 기적도 만들어낼 수 있을 것이다. 행복한 사람에게는 언제나 최고의 행운이 따르는 법이니까.

사람들은 내게 묻는다. 어떻게 해서 그 모든 꿈을 마법같이 이뤘느냐고. 그리고 어떻게 하면 매일 행복하고 활기 넘치는 얼굴로 인생을 즐길 수 있느냐고. 나는 그 기적이 '감정의 비밀'을 알게 됐기 때문이라고 답한다. 이 수수께끼를 풀고 나서야 비로소 마음을 평화롭게 만들 수 있었고, 내 삶을 제어할 수 있었으며, 감정을 이롭게 활용하여 행운을 끌어당기고 쟁취할 수 있었다.

사실 나는 이 책을 통해 '감정의 비밀'을 처음 밝힌 게 아니다. 8년 전 블로그를 시작으로 네이버 카페와 유튜브에서 매일 감정에 대한 이야기를 전해왔다. 많은 사람들이 내가 전하는 메시지를 통해서 감정적인 자유를 얻었다.

그들은 자신의 과거를 치유하고, 해묵은 감정을 정화하여, 어린아이처럼 순수하고 생기발랄한 모습으로 새롭게 태어났다. 과거의 트라우마로부터 벗어나 새로운 자신으로 변화하거나, 잊어버렸던 본래 모습을 되찾기도 했다. 나아가 가족들과 화해하고, 마음이 잘 맞는 친구를 만나게 되고, 이상형이었던 연인을 만나 아름다운 사랑을 키워나가는 이들도 있었다. 어떤 사람은 꿈을 찾았고, 어떤 사람은 엄청난 행운을 끌어당겼고, 누군가는 자기혐오에서 빠져나와 스스로를 사랑하게 되었다. 그들은 더 이상 감정을 외면하거나 부정하지 않고 친구 삼아 성장하게 되었다. 매일매일 자신의 감정을 이해하고 다루는 연습을 통해서 어떤 감정이 들이닥치더라도 차분하게 풀어내는 용기 또한 얻게 되었다.

감정은 나쁘지 않다. 감정은 골칫거리도 아니다. 감정은 어찌할 수 없는 자연재해 같은 것도 아니고, 무시한다고 사라지는 허상도 아니다. 그것은 우리가 살아가는 내내 느끼게 될 동반자이자, 때로는 가장 큰 장애물이 되기도 하고 때로는 엄청난 조력자가 되기도 한다. 감정이 득

이 될지 실이 될지는 그것을 다룰 수 있는지 없는지에 달려 있다.

이 책을 통해 내가 이루고자 하는 목표는 분명하다. 많은 사람들이 감정에 대한 두려움과 거부감을 벗어던지고, 감정을 더 깊이 이해하고 활용하는 것. 그럼으로써 더 자유롭고 행복한 삶을 살게 되는 것이다.

누구든 감정의 소용돌이 속에서 진실을 찾고 있었다면, 그에게 이 책이 전해지기를 바란다. 모두가 스스로를 사랑하고, 자신의 인생을 사랑하며, 매일 행복을 만끽할 수 있다면, 세상은 분명 더 아름다워질 테니까.

– 판도라 킴

감정을
두려워하지 말 것

인간은
미지를 두려워하고
도망친다.

달아나는 중에는
자신이 무엇으로부터 도망치고 있는지
똑바로 바라볼 수 없다.

만약, 도망치는 것을 관두고
다시 뒤를 돌아
그것의 정체를 똑바로 바라본다면
비로소 알게 될 것이다.

"음, 그 정도로 겁먹을 필요는 없었네."

당신을
두려움에 떨게 만들었던 것의 정체는
도망치며 했던 '상상'이다.
현실은 두려움이 만든 상상보다
훨씬 작다.

감정의 미로에서
길을 잃은 당신에게

인생을 살아가다보면 때때로 길을 잃은 것 같은 느낌
에 빠진다.

'잘하고 있는 걸까? 이대로 살아도 괜찮은 걸까?
불안한 마음은 애써 무시하면 되는 걸까? 이 두려
움과 외로움은 어떻게 없애야 하는거지? 이런 끔
찍한 감정을 느끼는 게 우리의 인생인 걸까?'

어쩌면 당신은 끔찍한 현실을 받아들이고 적응하는
게 어른의 삶이라고 생각했을지도 모른다. 느끼고 싶지

않은 감정 속에서 매일 시달리며, 사는게 재미없고 우울하다고 한숨을 내쉬면서 말이다. 하지만 인생이 무겁고 재미없다는 건 당신의 착각이다. 우울과 무기력에 빠진 이유는 감정을 이해하지 못했기 때문이다. 당신은 지금 감정의 미로에 빠져 있다. 그리고 모든 미로에는 반드시 출구가 있다. 그러니 현재 당신이 느끼는 모든 감정에서 벗어나는 방법도 분명히 있다. 감정의 미로에서 탈출할 수 있는 해결책이 바로 이 책에 있다.

그날의 기분을 스스로 선택할 수 있다면 어떨까? 어떤 감정도 5분 만에 처리해버리고 자유로워질 수 있다면 어떨까? 어떤 상황에서도 감정에 휘둘리지 않을 수 있다면? 하루 종일 즐거운 기분으로 지내는 건 어떤 느낌일까? 과거의 기분 나쁜 기억을 곱씹는 걸 완전히 그만두세 된다면? 오랫동안 미워하고 원망하던 사람에 대한 감정을 씻어낼 수 있다면? 그 모든 무거운 감정적인 짐을 벗어던지고 완벽한 자유에 도달할 수 있다면 어떨까?

이 모든 건 가능한 일이다. 당신이 이 책을 처음부터

끝까지 읽고, 실천한다면 말이다. 감정은 당신을 괴롭히려고 있는 게 아니다. 그것은 당신에게 어떤 '도움'을 주기 위해서 발생한다. 어떤 감정은 당신에게 특정한 신호를 보낸다. 눈앞에 있는 이것이 신뢰할만한지, 위험한지, 당신에게 이로운 선택인지 알려주고 있는 것이다. 어떤 감정은 당신에게 몰랐던 진실을 알려준다. 또 어떤 감정은 당신을 강인하게 만들고, 성숙하게 만들고, 당신을 풍요와 번영의 길로 안내한다.

감정을 이롭게 쓸 것인가? 아니면 그 안에서 영원히 헤맬 것인가? 감정의 비밀을 이해하게 된다면 감정을 다루는 법도 충분히 익힐 수 있다. 더 이상 당신의 인생에 감정이 장애물이 되게 방치하지 말자. 당신이 허락한다면, 감정은 당신의 인생에 강력한 조력자가 되어줄 것이다.

완벽한 해피엔딩에
도달하는 방법

행복이란 뭘까? 행복해지려면 어떻게 해야 할까? 많은 돈을 벌면 될까? 꿈을 이루면 될까? 이상형과 영화 같은 사랑에 빠지면 행복해질까? 많은 사람들에게 사랑을 받으면 어떨까? 온 세상을 여행할 수 있다면? 나만의 아늑한 보금자리를 얻게 된다면? 믿을 수 있는 친구들과 우정을 나눈다면? 가지고 싶은 모든 걸 가지게 된다면? 그러면, 그때 완벽하게 행복할 수 있을까?

내가 말한 조건 중에 단 하나라도 성취한 사람이 있다면 그에게 묻고 싶다. '그 조건'을 달성하고 나서 완벽한 행복에 도달하게 되었느냐고. 그는 이렇게 대답할 것이다. 행복했지만, 그때뿐이었다고. 그 행복을 오랫동안 유지할 수는 없었다고 말이다. 하나의 꿈을 이루었다고 해서 영원한 행복이 약속되는 것은 아니다. 감정은 멈춰 있지도 고여 있지도 않다. 그러므로 이 변화무쌍한 감정은 이렇게 외쳤을 것이다.

이것도 불편해! 저것도 불편해! 이건 정말 화나는 일이야! 그리고 어떨 때는 혼자 남겨진 느낌이고 그게 날 외롭게 만들지. 세상은 이해할 수 없는 일 투성이고, 나는 내가 원하는 걸 전부 가질 수 없어. 누군가가 부럽고, 내가 잘하고 있는 건지 확신이 들지 않고, 미래가 막막하기만 해. 한때 뿌듯했던 성취감은 이제 날 만족시키지 못하고 더 많은 걸 가지고 싶어져. 그리고 현재 누리고 있는 것들을 유지하지 못할까 봐 두려워. 잘할 수 있을까? 실패하면 어쩌지? 모두가 날 싫어하게 되어 버리면 어쩌지? 결국 또다시 혼자 남게 되어 버리면 어쩌지?

밑도 끝도 없는 감정의 소용돌이가 우리를 집어삼킬 때면, 지금 누리고 있는 그 어떤 것도 우리를 안심시킬 수 없다. 사랑하는 연인도, 안정적인 직장도, 가족도, 친구도, 심장을 뛰게 만드는 꿈도 우리를 영원히 행복하게 해주지는 않는다. 그때뿐이다. 또다시 어떤 이유로 불쾌한 감정을 느껴버리고야 만다.

그러니까 행복은 어떤 조건을 달성한다고 해서 유지할 수 있는 게 아니다. 행복을 영원히 유지하는 비결은 외부 세계에 없다. 그러니까 '이러이러한 목표를 이루어야만 행복해질 수 있을 거야'라는 착각에서 먼저 벗어나기를 바란다. 그렇게 힘들게 노력해서 얻은 행복은 정말 채 하루도 가지 않을 때가 대부분이니까. 스스로 행복을 얻기 위한 조건을 어렵게 설정했다는 사실부터 깨달아야 한다. '이것을 이루어야만 행복할 수 있을 거야.'라는 착각 때문에 평생을 희생과 인내로 버티는 함정에 빠지게 되는 것이다.

지금 여기서 행복해지는 방법을 찾아야만 한다. 아무

리 대단한 꿈을 이루더라도 마음의 평화에 도달할 수 없음을 깨달아야 한다. 당신이 감정적으로 불행한 것에 '외부 환경'을 탓하지 말라. 감정은 상황과 상관없이 변화시킬 수 있다. 감정은 언제든 어떠한 조건 없이 만들어낼 수 있다. 당신이 원했던 모든 감정을 원하는 만큼 만들어낼 비밀이 실제로 존재한다.

행복해지기 위해서 너무 먼 길을 가지 마라. 그럴 필요가 없다. 자신에게 이것만 이루면 행복해질 거라고 거짓된 약속을 하지 마라. 1년, 5년, 10년 뒤면 상황이 더 나아질 테니 그날의 행복을 꿈꾸며 오늘을 인내하라고 속이지도 마라. 지금 여기서 행복해지는 법을 모르는 이는, 어떤 목표를 이루더라도 행복을 유지할 수 없다.

애초에 행복은 하나의 감정 상태다. 그러니 더 자주 행복하고, 더 크게 행복하기를 바란다면 외부를 바꾸기보다는 마음을 바꾸는 게 맞다. 어떤 상황에서도 행복을 느낄 수 있게 된다면, 당신은 더 이상 불필요한 노력을 억지로 할 필요가 없고, 가짜 행복에 속아 이리저리 헤맬 필요도 없다.

지금 행복하고, 지금 사랑하고, 지금 즐겁고, 지금 편안해야 한다. 무언가를 가져서, 무언가를 이뤄서, 누군가를 만나게 되어서 느끼는 행복은 의존적이다. 외부적인 조건을 필요로 하는 행복은 너무나 연약하고 실현하기 힘들다. 그것을 겨우 거머쥐게 되더라도 조건적인 행복은 아주 잠시 스쳐 지나갈 뿐이다. 당신에게 더 큰 공허와 결핍만을 남긴 채로, 다음 목표를 이루라고 또다시 재촉할 것이다. 그렇게 행복은 손에 잡힐 듯 떠나기를 반복하며 당신을 희망 고문할 것이다.

진짜 행복해지고 싶다면, 지금 여기서 행복해지는 방법을 배우면 된다. 지금 여기서 행복에 방해가 되는 모든 장애물을 제거하면 된다. 당신의 행복을 가로막는 문제들을 해결하면 된다. 그 정답은, 감정을 이해하고 다루는 것에 있다.

행복해지기 위해서는 행복과 반대되는 것들을 공부해야만 한다. 이를테면 당신을 괴롭게 만드는 모든 감정들이 어디서 생겨나며, 어떻게 제어할 수 있는지, 어떻게 그 불쾌한 감정에서 벗어날 수 있는지 수수께끼를 푸는 것이다.

감정의 비밀을 이해한 자만이 행복의 비밀에 접근할 수 있다.

감정을
두려워하는 이유

사람들은 감정을 불편해한다. 두려워하거나, 어려워하기 때문에 외면하는 선택을 내린다. 차라리 감정이 눈에 보이는 거였다면 우리는 이것을 더 쉽게 파악했을지도 모른다. 내 감정이 어떤 색인지, 얼마나 큰지, 그리고 언제 생겨나서 또다시 사라지는지 목격할 수 있다면 말이다. 하지만 애석하게도 감정은 눈으로 볼 수 없고, 향기를 맡을 수 없으며, 손으로 만질 수도 없다. 무게가 없고, 형체 또한 없어서 아무런 정보도 얻을 수 없다. 그저 모호한 느낌만으로 우리는 감정을 추측해왔다.

사람은 자신의 마음속에 있는 슬픔의 크기를 가늠할 수 없다. 서로의 슬픔을 비교할 수도 없고, 그것이 어떤 이유로 생겨났는지 그리고 언제까지 지속될지도 예측할 수 없다. 보이지 않는 감정의 특성 때문에 우리는 감정을 다양한 관점에서 추측해왔다. 사람들은 감정을 분석하고 심리학이라는 학문을 만들었으며, 감정을 어떠한 호르몬으로 해석하기도 했다. 하지만 그러한 전문적인 자료들을 보고 난 뒤, 완벽하게 자신의 감정을 통제했다고 자부하는 사람은 없다.

이러한 연구를 통해 인간은 눈에 보이지도 않는 미지의 개념에 한 걸음 다가갈 수 있었을 뿐, 감정의 정체를 완벽하게 파악하는 것에는 실패했다. 그 때문에 현시대의 사람들이 감정을 두려워하게 된 것이다. 감정을 느끼는 것을 불편해하고, 감정을 표현하지 않고 억눌렀으며, 자신의 마음을 외면하거나 부정하는 지경에 이르렀다. 어떤 이들은 감정 따위 하나도 두렵지 않다고 외친다. 하지만 그런 이들조차 홀로 방문을 닫고 고요 속에 있을 때 감정의 존재를 느낄 것이다. 통제할 수 없는 불쾌감이 주는 미묘한 찝찝함. 어쩌면 불안일지도, 외로움일지도, 초조함일지도 모른다.

　감정에 이름을 붙인 것은 인간이다. 감정을 정의 내린 것도 인간이다. 그러니까 인간이 어떤 이름을 가져다붙이고 감정을 재단한다고 한들, 그것은 진실과는 조금 다를 수 있다. 우리가 감정에 대해 알고 있는 것들은 인간의 관점에서 목격한 감정의 몽타주일 뿐이니까. 감정을 눈으로 볼 수 없는 까막눈의 사람들이 그것에 대해 상상력을 키워내고 하나의 가설을 세운 것에 불과하다. 만약 현시대 인류가 감정을 파악하고 이해하는 데에 통달했다면, 감정으로 인해 고통받는 이는 없어야 한다. 진정 지금까지의 연구 자료들이 진실이라면 감정으로 인해 스스로 목숨을 끊는 사람도 없어야 한다. 감정을 마비시키기 위해서 매일같이 정신과에서 처방받은 약을 먹으며 눈 가리고 아웅하는 일도 없어야 한다. 어떤 감정적인 상처든 영구적으로 치료하는 방법이 있는가? 과거의 사건이 그 사람의 트라우마가 되어 성격으로 자리 잡는 것을 막을 수 있는가? 나이가 들수록 주저하고 걱정과 근심이 가득한 것을 막을 수 있는가? 이미 망가져버린 관계를 다시 건강하게 바로잡을 수 있는가? 어떤 끔찍한 상황 속에서도 아무런 근심 없이 행복하게 활짝 미소 지을 수 있는가? 감정을 다루는 것에 통달했다면 가능한 일이다. 인류가 감정을 올바로 이해했다면 말이다. 감정을 제어하는 방법을 알고 있다면 가능하겠지만, 그게 아니라면 이런 변화는 불가능할 것이다.

어째서 사람들은 상처받는 것을 두려워할까? 그리고 자신에게 상처를 주었던 환경과 사람을 원망할까? 감정적인 상처는 결코 복구될 수 없다고 믿기 때문이다. 어떤 경험이 자신에게 남긴 상처를 평생 간직해야 한다고 착각하고 있기 때문이다. 인류는 감정을 이해하지 못해서 두려워한다. 알지 못하니 제어할 수도 없고, 예측할 수 없어서, 사라지게 할 수도, 나타나게 할 수도 없어서 두려운 거다. 그것의 정체를 똑바로 알아차리게 된다면 우리는 대비할 수 있다. 감정을 변화시킬 수 있고, 상처 입은 마음도 복구시킬 수 있다.

하루를 마치고 집으로 돌아가는 길, 힘들다는 생각은 어디서 시작되는가? 참을 수 없이 화가 나는 이 마음, 또는 끝없는 어둠 속을 헤매고 있는 것 같은 막막함은 어디서 시작되는가? 아무도 나를 알아봐주지 않을 것 같은 외로움은 어디서 생겨나는가? 인생이 비참해서 죽음에 이르고 싶다는 생각은 어떻게 만들어지는가? 당신을 지배하는 모든 불쾌감의 정체는 감정이다. 마음에서 태어난 감정들이 쌓이고 쌓여서 당신을 괴롭히고 고통에 빠뜨리는 것이다. 우리는 너무 오랫동안 감정이 주는 피로도에 노출되어왔다. 그래서 그것에 익숙해진 나머지 탈출해야 한다는 의지를 잃어버리기도 한다. 또는 이 모든 노력이 소용없다고 생각할지도 모른다. 회의적인 생각에 빠져 더 깊은 우울을 이어갈 수도 있다. 하지만 이 우울감이 당신에게 한 가지 진실을 알려줄 것이다. 모든 문제의 시작은 감정을 다루지 못했기 때문이라는 진실을 말이다. 모르면 알면 된다. 알면 길이 보인다. 알면 어떻게 해야 할지, 어디로 가야 할지, 어떻게 해서 원하는 감정을 얻어낼 수 있는지 발견할 수 있다.

이제 더 이상 감정을 마주하는 것을 불편해하거나 두

려워할 필요가 없다. 감정 따위는 아무것도 아니라며 거
짓말을 할 필요도, 센 척하며 불안을 억누를 필요도 없
다. 그냥, 당신 안에 감정이 있다는 것을 인정하면 된다.
그것들 때문에 많이 힘들었다고 자각하면 된다. 그토록
힘들었던 이유는 감정의 실체를 몰랐기 때문이니, 이제
부터 알고자 하는 호기심을 깨우면 된다.

아무도 몰랐던 감정의 비밀

인간은
눈에 보이지 않는 것들은
믿지 않는다.

하지만
이 넓은 우주에서
일어나고 있는 모든 현상을
인간의 눈으로 포착하는 게
가능할까?

과연,
우리가 알고 있는 것들이
전부일까?

감정의 실체는
에너지다

감정은 에너지다. 에너지는 물리적인 형체가 없으며, 이리저리 흘러간다. 그것은 눈에 보이지 않고 만져지지도 않지만, 놀랍게도 나는 감정 에너지를 목격할 수 있고 설명할 수 있다. 나뿐만 아니라 보통의 사람들도 때때로 감정 에너지의 흐름을 느끼곤 한다. 예를 들면, 자연 풍경 속에서 무언가 채워지며 회복되는 기분을 느꼈을지도 모른다. 이것은 자연의 식물들이 뿜어내는 부드러운 에너지가 당신에게 스며들었기 때문이다. 반대로 기분 나쁜 에너지를 느낀 적도 있을 것이다. 죽음이 오가는 수술실 앞에서 묘하게 소름 끼치고 두려운 느낌을 느껴본 적이 있는가? 아니면 공포 영화를 보는 순간 손과 발끝이 차가워지며 소름이 돋는 것을 느껴본 적은? 어떤 사람의 다정한 말 한마디에 심장이 따뜻해진 느낌을 경험한 적은? 누군가의 날카로운 말을 듣고 심장에서 통증을 느낀 적은? 이 모든 게 특정한 에너지가 당신에게 닿았거나 당신의 심장을 관통했을 때 나타나는 증상이다.

감정 에너지는 어디에든 존재한다. 인간뿐만 아니라 살아 숨 쉬는 모든 생명체는 에너지를 자연스럽게 발생시키고 있다. 그렇게 배출된 감정 에너지들은 이리저리 허공에 흘러다닌다. 마치 깊은 바닷속 해류가 저마다의 길로 움직이듯이 말이다. 그 에너지 흐름을 보통의 사람들은 완벽하게 목격할 수 없지만, 세상에 보이지 않는 어떤 신비로운 일이 일어나고 있음을 직감적으로 느끼는 순간들이 있다. 간절히 원했던 무언가가 우연히 이루어지거나, 강렬하게 두려워했던 문제가 하필이면 가장 중요한 시기에 들이닥치는 것도 에너지 흐름이 만들어낸 현상이다. 이러한 에너지 흐름이 온 세상을 가득 채우고 있다. 당신의 마음, 당신의 몸, 당신의 집, 당신의 회사, 당신이 걸어 다니는 길, 자연과 도시, 그 어떤 허공도 사실은 비워지지 않은 채로 감정 에너지로 꽉 차 있다. 온 세상을 가득 채우고 나아가 온 우주를 가득 채우고 있는 것이 바로 감정 에너지다.

그 에너지는 인간이 만들어냈을 수도 있고, 자연에서 발생하거나 동물이 만들어냈을 수도 있다. 그리고 현재 우리가 밟고 있는 이 땅 위에는 과거 시대에 만들어져 누적된 감정도 있다. 그 집단적인 에너지가 사람들을 어떤 충동에 빠뜨리게 하거나 유대감을 느낄 수 있도록 만들기도 한다. 어쨌거나, 당신이 에너지의 흐름을 알지 못했던 때에도 이 흐름은 계속해서 존재하고 있었다. 어떤 누군가의 마음에서 시작되어 다른 곳으로 흘러가기도 하고, 반대로 외부에서 흘러다니던 에너지가 당신의 마음에 닿기도 했을 것이다. 내가 쓰고 있는 이 책은 나의 감정을 담아 당신에게로 흘러들어갈 것이다. 내가 보낸 에너지가 당신의 마음속에 억눌렀던 감정을 건드릴 수도 있고, 반대로 당신의 오래된 열망을 일깨울지도 모른다. 감정의 정체를 드디어 알게 될지도 모른다는 짜릿한 흥분이 건드려질 수도 있다.

자, 눈을 감고 상상해보자. 얼마나 많은 사람들이 지금 이 순간에도 감정을 만들어내고 있는지, 그리고 당신이 살아오며 얼마나 많은 감정을 쌓아왔을지도 말이다. 당신뿐만 아니라 당신의 가족도 살면서 무수한 순간에 감정을 만들어왔을 것이다. 그리고 그것들은 당신의 집에 계속해서 쌓여왔을 것이다. 하루 일과를 마치고 집에 돌아왔을 때 어떤 기분이 드는가? 마음이 무거워지는가? 아니면 반대로 편안해지는가? 당신이 이 집이라는 공간에 어떤 감정 에너지를 누적시켜왔는지, 그리고 이 집 안에 어떤 감정 에너지 흐름이 존재하는지에 따라서 감상이 달라질 것이다. 특정한 공간에 쌓여 있는 감정 에너지들은 그곳에 머무는 사람에게 어떤 감정을 유발하곤 한다. 가만히 서 있기만 해도 기분 좋은 공간이 있다면, 왠지 모르게 꺼려지고 불편한 공간이 있는 것도 전부 에너지 때문이다. 그 공간에 머물던 사람이 어떤 감정을 만들어내고 누적시켜왔는지에 따라서 공간이 주는 분위기가 완전히 달라질 수 있다.

사람의 경우에도 마찬가지다. 외모나 겉으로 보이는 모습과 상관없이, 이유 없이 끌리거나 좋게 느껴지는 사람이 있다. 반대로 이유 없이 거부감이 들거나 나쁘게 느껴지는 사람도 있다. 상대의 에너지가 어떤 식으로든 당신의 마음에 쌓여 있던 불쾌한 감정을 자극하기 때문에 불편감을 느끼는 것이다. 반대로 당신이 평소에 깊은 우울에 빠져 있더라도 어떤 사람을 만나는 것만으로도 기분이 좋아질 수도 있다. 상대가 가지고 있는 에너지가 당신에게 좋은 에너지의 흐름을 일으켰기 때문이다.

우리는 살아가면서 생각보다 많은 에너지 흐름에 노출되며, 그 효과를 체험한다. 사랑스러운 반려동물이나 사랑하는 사람과 친밀한 스킨십을 하면서 안정감과 행복을 느끼기도 한다. 반대로 무언가 기분 나쁘게 느껴지는 것에는 손을 떼거나 몸을 멀리함으로써 본능적으로 그 흐름에서 멀어지려고 한다. 참 신기하게도, 사람들은 감정이 에너지라는 것을 알지 못하는 상태에서도 에너지 흐름을 느끼고 자동반사적으로 행동한다.

앞으로 이 책에서는 알게 모르게 당신이 받았던 기묘
한 에너지의 증거들을 보다 명확하게 설명해줄 예정이다.
감정 에너지가 우리의 삶에, 나아가 온 세상의 모든 사
건 사고에 관여하게 된다는 것을 알게 되면 당신은 깜짝
놀랄 것이다. 감정은 고작 하나의 학문으로 정의 내릴 수
없으며, 세상이 돌아가는 원리 그 자체라는 진실을 깨닫
게 될 테니까.

마음은 5가지 기능을
가지고 있다

감정을 만들어내는 것은 마음이다. 어떤 이들은 이것을 심장 차크라라고 부르기도 한다. 앞으로 이 책에서는 에너지 심장이라는 표현을 쓰겠다. 이 세 가지 모두 동일한 대상을 가리키는 단어다.

마음 = 에너지 심장 = 심장 차크라

마음은 감정을 만들어낸다. 동시에 멀리 퍼뜨리기도 한다. 마치 와이파이처럼 말이다. 우리의 심장이 박동할 때마다 감정 에너지가 멀리 퍼진다고 상상해보자. 에너지 심장의 기능은 대표적으로 5가지가 있다.

에너지 심장(마음)의 기능

1 감정을 생성한다.

2 감정을 저장한다.

3 감정을 증폭한다.

4 감정을 배출한다.

5 감정을 불러온다.

첫 번째 기능, 마음이 감정을 만들어낸다는 것은 누구나 쉽게 알고 있을 것이니 별다른 설명을 하지는 않겠다.

두 번째 기능, 마음에 감정을 저장하는 것도 가능하다. 이 기능을 본능적으로 활용하고 있기 때문에, 우리는 때때로 저장된 감정을 다시금 느껴볼 수 있다. 어린 시절 겪었던 일을 회상함으로써 그때의 감정을 마치 지금 경험한 것처럼 생생하게 느낄 수 있다. 동시에 지금 느끼고 싶지 않은 감정들을 외면함으로써 감정을 저장할 수 있다.

우리가 흔히 즐겨 쓰는 '감정을 억누르는' 행동 또한 저장하는 행위다. 억눌렀던 감정이 시간이 지나도 사라지지 않고 또다시 튀어나오는 이유는 감정을 에너지 심장에 저장했기 때문이다. 저장한 감정은 배출하지 않는 이상 사라지지 않으므로 언젠가 모습을 드러낸다. 사람들은 지금 당장 받아들이기 어려운 감정을 억누르는 습관을 가지고 있는데, 이 때문에 마음에 많은 감정을 쌓아두곤 한다. 마음에 감정을 더 많이 쌓을수록 답답함을 느끼거나 무거워지는 느낌이 들 수 있다. 여기서 주의할 점은, 한계치를 넘어서까지 감정을 저장하면 결국 터져나올 수 있다는 것이다.

세 번째 기능, 마음은 감정을 증폭한다. 이것은 와이파이와 흡사하지만 그보다 더 강력하다. 당신의 에너지 심장에서 증폭되는 에너지는 당신의 육체를 통과해 외부 세계로 퍼져 나간다. 에너지는 물리적인 형태에 갇혀 있지 않으므로 벽도 통과하고 사람도 통과한다. 무게가 없어 어디든 자유롭게 흘러갈 수 있다. 당신이라는 와이파이 기기에서 퍼져 나간 감정 에너지는 계속해서 특정 신호를 내보낸다. 그 신호에 걸맞은 또 다른 에너지 흐름이 당신의 삶에 다가와 인연이나 사건을 끌어당기고 에피소드를 발생시킨다. 예를 들어, 분노라는 감정의 와이파이를 지속적으로 배출하는 이에게는 분노할 만한 상황이 끌려오게 되는 것이다. 심지어 당신이 스스로의 감정을 깨닫지 못하는 순간에도 마음에 저장된 감정은 계속해서 발산되고 있다. 현재 당신 스스로 자각하고 있는 가장 표면적인 감정뿐만 아니라, 과거에 저장하고서 잊어버린 감정도 계속 증폭되고 있다. 평생 저장해 두었던 모든 감정이 당신의 의사와 상관 없이 24시간 내내 배출되고 있는 것이다. 그렇게 발산되는 에너지들이 온갖 사건 사고와 다양한 인물을 삶에 끌고 들어오는데, 모든 일들이 우연인 것처럼 자연스럽게 일어난다. 그렇게 일어난 일련의 사건을 세상은 운명 또는 팔자라고 부른다. 하지만 이것은 피할 수 없는 운명 따위가 아니다. 비슷한 사건 사고가 반복되는 것은 단지 부정적인 에너지 패턴의 결과일 뿐이다. 당신의 에너지 심장에 저장된 감정이 증폭되어 외부 세상에 발산되고, 그에 걸맞은 비슷한 에너지 흐름을 끌어들이고 있는 것이다. 이 창조의 원리에 대해서는 뒤에 가서 좀 더 이야기해보도록 하겠다.

　네 번째 기능, 마음은 감정을 배출하는 유일한 출구다. 대부분의 사람들은 감정을 외면하거나 부정하고 억누른다. 그 행위를 통해 자기도 모르게 감정을 저장하곤 하는데, 저장하는 행위를 통해서는 절대 그 감정을 마음에서 쫓아낼 수 없다. 이미 생겨난 감정을 없는 셈 치려고 부정하고 우겨봤자 그 감정은 사라지지 않는다. 어떤 감정을 당신의 마음속에서 완전히 사라지게 하려면 아무런 저항도 없이 온전히 느끼는 것이 핵심이다. 이것은 아주 쉽고 단순해 보이지만 절대 쉽지 않다. 불쾌한 감정은 본능적으로 회피하게 되기 때문에 있는 그대로 받아들이기 어렵다. 그동안 감정을 부정하거나 외면하는 습관을 무의식적으로 해왔을 것이기 때문에 반복적으로 연습하는 게 중요하다. 인간은 자신의 감정이 마음에 들지 않을 때 그것을 부정하거나 다른 감정으로 덧씌우려는 경향이 있으므로, 스스로를 속이지 않으려는 노력도 필요하다. 감정을 마주하는 과정은 생각보다 아름답지 않고, 지혜롭지 않으며, 불편하고, 찝찝하고, 때로는 충격적이다.

그 감정을 만들어내는 자신의 부족함과 연약함을 인정해야지만 있는 그대로의 감정을 마주할 수 있다. 감정 앞에서 자신의 지적 수준이나 나이는 내려놓고 겸손하고 솔직한 태도를 가져야 한다. 이런 감정을 느껴서는 안 된다고 재단하는 순간 감정을 배출하는 것은 불가능해지기 때문이다. 외면하려는 감정을 오히려 더 오래 간직하게 된다니, 참 아이러니하지 않은가?

마지막으로 다섯 번째 기능, 마음을 통해 감정을 불러오는 것이 가능하다. 에너지 심장에 감정을 저장했다면 우리는 언제든 이 감정을 불러올 수 있다. 그리고 감정이 주는 미션을 이어서 진행할 수 있다. 이 불쾌감이 주는 수수께끼를 풀 것인가? 아니면 또다시 외면할 것인가? 감정이 주는 숙제를 통해서 자신을 알아가고 세상을 이해할 것인가? 아니면 또다시 감정을 억누르고 저장할 것인가? 감정을 마주할수록 우리는 자신에 대해서 더 잘 알게 된다. 그리고 타인과 세상에 대해서도 점차 이해하게 된다. 그 과정을 통해서 필연적으로 성장하게 된다. 마음은 언제든 저장되어 있는 감정을 떠올리게 한다. 마음의 작동법을 제어하지 못하는 사람들은 자신이 원하지 않는 때에 과거의 감정을 느껴버려서 불편을 호소하기도 한다. 이미 헤어진 과거의 연인에 대한 감정이 올라온다든지, 어렸을 때 했던 창피한 행동이 떠올라 부끄럽다든지, 누군가 자신을 무시했던 경험을 떠올리며 분노를 곱씹으며 씩씩거린다든지. 하지만 불쾌한 감정만 불러올 수 있는 건 아니다. 살면서 가장 행복했던 순간의 감정을 불러오는 것도 가능하다. 이미 느껴버려서 배출했던 감정을 다시금 불러올 수도 있다. 물론 이 기능을 자유자재로 활용하는 것이 말처럼 쉽지만은 않다. 마음먹은 대로 감정을 즉각적으로 불러오는 것은 어떨 때는 쉽다가도 어떨 때는 어렵게 느껴질 것이다. 마음에는 이미 여러 감정이 쌓여 있는 상태이므로, 어떤 감정을 불러오게 되더라도 기존에 누적된 감정과 혼합되기 쉽다. 게다가 너무 오래전에 만들어진 감정은 최근에 생성된 감정보다 밑바닥에 깔리기 때문에 불러오는 게 쉽지 않다.

이처럼 마음은 대표적으로 5가지 기능을 가지고 있으며, 이 외에도 숨겨진 기능을 가지고 있다. 당신의 에너지 심장은 당신이 알지 못하는 동안에도 계속해서 이 기능을 통해서 당신을 감정의 소용돌이로 집어넣었을 것이다. 끊임없이 감정을 생성하고, 저장하고, 배출하거나 배출하지 못한 채로 맴돌고, 증폭하며, 특정 감정을 불러왔다. 마음은 쉬는 법을 모른다. 멈추는 법도 모른다. 스스로 의지가 있는 것도 아니다. 마치 고장 나버린 기계처럼 계속해서 원하지 않는 감정을 만들어내고 증폭시키며, 우리 삶에 어떤 일들을 끌고 들어온다. 어떤 이들은 자신이 힘든 이유가 들쭉날쭉한 마음 때문이라고 원망한다. 하지만 마음은 원래 그렇게 작동했기 때문에 아무런 죄가 없다. 쉬지 않고 감정을 생성하고 증폭하는 이 마음의 원리를 잘 활용하면 오히려 불쾌한 감정은 빠르게 배출하고 기분 좋은 감정을 점점 더 증폭시키는 것도 가능하다. 그리고 마음의 올바른 사용법을 통해 원하는 인연이나 행운을 끌어오는 것도 가능하다.

마음은 방치하면 골칫거리가 되지만, 제대로 활용하면 인생의 황금 열쇠가 될 수 있다. 불쾌한 감정이 계속해서 느껴지는 이유 또한 마음을 방치한 것이 원인이다. 마음은 모 아니면 도다. 좋은 에너지를 만들어내거나, 반대로 나쁜 에너지를 만들어내거나. 당신은 지금까지 마음을 어떤 식으로 사용해 왔는가? 그리고 앞으로는 어떻게 사용하고 싶은가?

부정적인 감정을 외면하면
일어나는 부작용

사람은 다양한 이유로 감정을 외면한다. 불편한 감정을 느끼면 '어떤 끔찍한 진실'을 인정하게 될까 봐 부정하기도 한다. 감정을 느끼는 것 자체가 피로해서 외면하기도 한다. 아니면 나름대로 감정을 해소해보려고 애쓰다가, 바뀌는 게 없어서 포기해버렸는지도 모른다. 끔찍한 감정의 돌림노래에 갇힌 듯한 기분이 당신을 불쾌하게 만들었을 테고, 결국 감정을 외면하는 선택을 내리게 되었을 것이다.

부정적인 감정을 외면하면, 그 감정은 필연적으로 마음에 저장된다. 그리고 앞서 말한 원리에 의해서 저장된 감정은 결코 사라지지 않기 때문에 미미한 불쾌감은 여전히 존재할 것이다. 그 상태에서 외부의 어떤 환경이 당신의 감정을 자극하게 된다면, 더 이상 참기 어려워 행동으로 표출해 버릴 것이다. 짜증을 내거나, 화를 내거나, 불평을 쏟아내거나, 갈등을 일으키면서 말이다.

언제까지고 마음을 감정 쓰레기통처럼 방치할 수 있을까? 불쾌한 감정을 처리하는 게 어렵다고 외면하면 어떤 일이 벌어질까? 마음에 감정을 저장하는 것에는 한계가 없지만 일정한 기준점을 넘어가면 여러 가지 부작용이 생긴다. 우리의 육체가 과도한 음식을 먹다가 배탈이 나버리는 것처럼, 에너지 심장도 너무 많은 부정적인 감정을 저장하다가 과부하에 빠질 수 있다. 마음이 오작동을 하게 되는 것이다. 대표적으로 다섯 가지 과부하 증상이 있다. 이 증상을 살펴보고 당신이 몇 가지나 해당되는지 체크해보기 바란다.

첫 번째 증상으로는, 답답한 느낌과 체한 것 같은 증상이 나타날 수 있다. 당신은 소화불량을 의심할 수 있겠지만 그것은 육체의 심장 부근에 중첩된 에너지 심장에서 오는 불편감이다. 육체적으로는 아무런 문제가 없음에도 이런 느낌이 들 수 있다. 당신의 육체와 에너지 바디는 연결되어 있기 때문이다. 육체적인 질병이 불편감의 원인일 거라고 착각하여 병원에 방문하는 사람들도 많다. 하지만 의사는 별다른 원인을 찾지 못한 채, 환자에게 정신과에나 가보라고 말할 것이다. 현시대 기술로는 에너지 심장을 촬영하는 것이 불가하기 때문에, 스트레스성 정신 질환이라는 모호한 진단을 내릴 것이다. 사실, 이 문제의 원인은 에너지 심장의 과부하에 있다.

두 번째 증상으로는, 갑작스럽게 심장이 쿵쾅거리거나 급격한 불안과 공포감이 올라올 수 있다. 이것은 에너지 심장이 과부하되었을 때 가장 흔히 나타나는 증상 중 하나다. 사람들은 기분 좋은 감정들은 편하게 느끼고 배출하는 반면 불쾌한 감정들은 외면하고 저장하는 습성을 가지고 있다. 이 때문에 에너지 심장에 누적된 감정은 대부분 부정적인 감정들뿐이다. 분노, 슬픔, 두려움, 원망, 짜증, 수치심, 외로움, 단절감, 초조함, 질투, 자기혐오 등

피로도가 큰 감정을 저장하는 경우가 많다. 인간이 느낄 수 있는 다양한 감정 중에서도 유독 지독한 것들만 계속해서 저장해왔으니 어떻겠는가? 당연히 마음에는 지독한 악취가 풍기게 될 것이고, 무겁고 어둡고 진득한 감정으로 가득 차게 될 것이다. 매일 더 많은 부정적인 감정을 욱여넣기 위해서 꾸역꾸역 억눌렀을 테다. 이렇게 쌓인 고밀도의 부정적 감정 에너지 덩어리는 엄청난 압박감을 준다. 작은 돌멩이를 모아 큰 성을 쌓을 수 있듯이, 작은 불쾌감을 모아 압축하면 거대한 불쾌감이 된다. 부정적인 에너지들이 너무 거대해지면 그것은 공포로 다가온다. 압축하고 또 압축한 부정적 감정들은 굉장히 끔찍한 기분을 유발한다. 감정을 분명히 억누른 상태에서도, 스멀스멀 피어오르는 향기만으로 겁에 질리게 만드는 것이다. 실제로 그 정도까지 스트레스받지 않았음에도 갑자기 쓰러지거나 공황발작이 오는 이유는 여기에 있다. 부정적인 감정 하나하나는 그 영향력이 미미하게 느껴질지라도 이것들이 너무 많이 쌓여 한데 뭉치면 굉장히 큰 존재감을 가지게 된다. 이런 증상을 느끼기 전에 미리미리 부정적인 감정을 비워주는 것이 중요하다. 똘똘 뭉친 부정적인 감정 에너지들을 한 번에 비워내려고 해서는 안 된다. 아주 조심스럽게 쪼개어 부담되지 않는 만큼 한 톨씩 비워내야한다. 이것은 뒤쪽에서 감정을 정화하고 마음을 치유하는 원리에 대해 설명할 때 더 자세히 다뤄보도록 하겠다.

세 번째 증상으로는, 현재 상황과 관련 없는 감정이 뜬금없이 튀어나오게 된다. 감정 반응은 보통 외부 환경에 영향을 받는다. 기분 좋은 상황을 마주하면 기분 좋은 감정을 느끼기 쉽고, 불편한 상황을 마주하면 불편감을 느끼는 것이 자연스럽다. 그런데 마음이 과부하 상태에 빠지면 이 당연한 상태가 비틀리게 된다. 이때, 남들이 보기엔 행복한 환경 속에서도 우울감이 올라와 눈물이 흐르고 그 어떤 즐거움도 느낄 수 없게 되기도 한다. 아무런 문제가 없는 평범한 일상에서도 죽을 만큼 괴롭다고 느낄 수도 있다. 누구도 나를 무시하거나 비난하지 않았음에도 혼자서 수치심을 느끼고 자기 비하에 빠지기도 한다. 이 모든 증상의 공통점은 상황에 맞지 않는 부정적인 감정이 튀어나온다는 것이다. 본래 긍정적인 환경에서는 긍정적인 감정을 느끼고, 부정적인 환경에서는 부정적인 감정을 느끼는 것이 자연스럽다. 하지만 다량의 감정을 누적시켜 포화 상태가 된 마음은 외부 자극과 상관없이 저장해두었던 감정을 토해내게 된다. 분명 기뻐해야 할 상황임에도, 마음 깊은 곳에 억눌렸던 끔찍한 감정이 멋대로 튀어나오는 것이다. 이럴 때는 맛있는 걸 먹어도, 신나는 휴일을 보내려고 외출을 하고 여행을 가도, 기분을 좋게 만드는 게 어렵게 느껴질 수 있다. 연인을 만나 데이트를 하고, 돈을 펑펑 쓰며 쇼핑을 해도 불쾌한 기분이 계속해서 올라올 수 있다. 마음이 제대로 작동하지 않고 고장 나 버린다면 입력과 출력에 오작동이 생긴다. 여태 저장해놨던 감정만 토해내게 되는 것이다. 감정은 에너지이므로 흘러가려는 속성을 가지고 있는데, 이것을 억지로 저장해두고 그 한계치가 넘어버리니 자동으로 배출되려는 현상이 일어난 것이다. 이런 상태에 빠져 있다면 차라리 감정을 느끼고 인정하는 편이 도움이 된다. 눈물을 흘리거나 일기를 쓰며 마음을 돌아본다면 조금씩 감정을 비워낼 수 있다. 반대로 감정을 억누르거나 회피하게 된다면 증상은 더 심해질 수 있다.

네 번째 증상으로는, 감정이 통제 불능한 상태에 빠지게 된다. 너무 많은 감정이 쌓인 마음은 마치 내용물이 가득 찬 냄비와도 같다. 요리를 할 때 냄비에 식재료를 꽉 채워 넣는 사람은 없을 것이다. 만약 모든 재료를 빈틈없이 채우고 조리를 시작한다면 분명 흘러넘칠 것이기 때문이다. 마음도 마찬가지로 어느정도의 빈자리가 있어야 한다. 그래야 새로운 감정을 느끼고 배출하는 흐름이 유지될 수 있다. 마음에는 감정이 흐를 빈 공간이 반드시 있어야 한다. 어린아이들은 이 감정의 흐름이 굉장히 빠른 편이라 슬플 때 바로 눈물을 흘리고 기쁠 때 바로 미소를 짓는다. 아이들의 감정은 고여 있지 않다. 표현하는 것도 정제하지 않으며 그때그때 감정을 배출하므로 이 아이들의 마음은 어른보다 가볍다. 감정적인 상처를 받은 후에도 회복하는 속도가 어른보다 훨씬 더 빠르다. 아이들의 마음에는 빈 공간이 많다. 에너지가 새롭게 만들어지고 비워지고 지나다닐 '빈 공간' 말이다. 이것은 하나의 도로와 같아서 비워질수록 감정을 빠르게 처리할 수 있게 한다. 도로에 많은 차들이 불법 주차를 하고 있으면 교통체증이 생기고, 더 심하면 길이 막혀서 아예 서 있어야 할 것이다. 이와 같이 마음에도 너무 많은 감정을 꽉꽉 눌러 담으면 감정의 흐름이 굉장히 느려지게 되고, 느려지다 못해 어느 순간 흐름이 꽉 막혀 버린다. 그리고 새롭게 만들어지는 감정과, 오랫동안 쌓아왔던 감정이 압력을 이기지 못하고 빵 터지는 상황이 벌어지게 된다. 감정적인 폭발은 보통 파괴적인 형태로 드러난다. 자기 자신을 비난하고 괴롭히거나, 타인에게 공격적인 행동을 하는 것으로 나타난다. 분노, 초조함, 답답함, 짜증, 원망, 흥분과 같은 상태에서 꽉 막힌 감정을 토해내게 되는데, 이때 가장 큰 문제는 통제 불가한 감정이 모든 상황을 최악으로 만들어버린다는 것이다. 술 먹고 미친 듯이 폭력적으로 구는 사람과, 평소에 착하게 굴던 사람이 갑자기 분노 조절을 하지 못하는 것도 이에 해당된다. 감정을 무한대로 억누르는 것은 불가능하다. 결국 언제 어떤 식으로든 터져 나올 것이다. 그때가 되면 이미 통제할 수 없는 상태에 빠지게 되므로, 이 문제를 해결하려면 마음을 과부하 상태에서 건강한 상태로 회복시키는 것이 우선이다. 이미 폭발해버린 분노를 통제하려고 노력하는 건 굉장히 힘든 일이며, 근본적인 해결책도 아니다. 임계점을 넘기기 전에 쌓아두었던 감정을 보다 안전하게 배출하는 것이 진짜 해결책이다.

다섯 번째 증상으로는, 깊은 우울감 또는 무력감에 빠지게 된다. 부정적인 에너지의 총량이 너무 많이 쌓이면 전체적으로 마음이 가라앉는 느낌이 든다. 마음에 새로운 에너지가 들어올 자리가 없으므로 순환 자체가 막힌 듯한 느낌이 들 수도 있다. 외부 환경을 변화시켜 기분 전환을 유도하더라도 별다른 효과가 없는 것은 이 때문이다. 누적된 부정적인 감정이 우울한 상태를 유발하기에, 부정적인 감정을 추가적으로 더 생성하고 누적하는 악순환에 빠지게 되는 것이다.

이 외에도 우리의 에너지와 육체는 서로 연결되어 있기 때문에, 의학적으로는 원인을 찾을 수 없는 여러 육체적 증상이 나타날 수 있다. 근육의 뭉침이나 특정 부위의 원인 불명 통증, 소화불량이나 면역력 저하 등 다양한 방식으로 증상이 나타날 수 있다. 스트레스는 만병의 근원이라는 말을 들어봤을 것이다. 우리의 육체는 생각보다 부정적인 에너지에 취약하여 즉각적으로 여러 신호를 보낸다. 감정을 느끼지 않고 외면하는 것은 자신을 편안하게 해주는 게 아니라 더 많은 에너지 독소를 머금는 행위와 같다. 정말 스스로를 스트레스에서 해방시켜주고 보살펴주고 싶다면, 그동안 억눌렀던 많은 감정을 비워내고 해방시켜야 할 것이다. 육체가 건강하려면 몸에 좋은 것들을 먹기보다는 몸에 나쁜 것들을 배제하는 것이 더 중요하다. 마찬가지로 마음이 건강해지려면 좋은 감정을 느끼려고 하기보다는 부정적인 감정을 해방시키고 비워내는 작업에 집중하는 것이 더 중요하다. 슬프게도 현대인들은 부정적인 감정은 외면하고 억누르는 습관을 가지고 있으므로, 위와 같은 증상에 시달리는 일이 무척 흔하다.

감정은 결코
사라지지 않는다

감정을 대하는 사람들의 태도는 크게 두 가지로 나뉜다.

감정을 솔직하게 인정하고, 표현하는 타입.
감정을 무시하고, 외면하고, 부정하는 타입.

감정은 무시하면 사라진다고 말하는 부정형 타입의 사람들은 스스로를 속이고 있다. 감정은 억누르면 잠시 잠잠해지는 것처럼 보이지만, 완벽하게 억누르는 것은 불가능하다. 미묘한 찝찝함과 언제 터질지 모르는 시한폭탄 같은 인내심이 그 증거다.

당신은 살아온 내내 다양한 감정을 느꼈을 것이다. 감정은 이미 당신을 비롯한 인류 전체에 영향을 끼치고 있다. 당신은 과거에 어떤 사건을 통해 끔찍한 감정을 만들었을 것이다. 잊어버리고 싶은 기억, 다시 떠올리고 싶지 않은 사건, 그것들을 트라우마라 부른다. 꿈과 희망이 좌절되거나 배신당하는 순간은 누구나 잊어버리고 싶고, 아무 일도 없었던 것처럼 외면하고 싶을 것이다. 어쩌면 시간이 지나 스스로가 정말 괜찮아진 것처럼 보일지도 모른다. 그때만큼 울지도 화나지도 않는 자신을 보면서 이렇게 말할 수도 있다.

"그건 과거의 일일 뿐이야! 이것 봐. 이제 난 아무렇지도 않다고."

하지만 괜찮다고 생각하는 것은 착각이다. 그 감정은 마음 깊은 곳에 가라앉고 압축되어 잠시 잠들어 있는 것뿐이다. 언젠가 과거의 사건과 비슷한 상황을 마주하게 된다면 처음부터 그 자리에 있었던 것처럼 생생하게 튀어나올 것이다. 과거의 사건과 유사성 높은 환경에서, 과거의 감정은 아주 선명하게 모습을 드러낸다. 그것이 옛 연애사가 현재의 연애사에도 영향을 미치는 이유 중 하나다. 특정 인물과 겪었던 감정적인 씨름은 다음 인물과도 이어진다. 이것은 직장을 옮길 때에도 동일하게 적용된다. 전 직장에서 일어난 문제 때문에 새로운 직장으로 이동을 하게 된다고 할지라도, 문제는 비슷하게 발생되고 흘러간다. 마침내 똑같은 문제가 반복되는 것처럼 보일 것이다. 마치 세상이 당신을 '특정한 감정 상태'에 빠뜨리려고 마술을 부린 것처럼 보일 수 있다. 벗어났다고 생각했던 그 문제에 여전히 갇혀 있다는 것을 깨닫는 순간, 당신은 절망했을 것이다. 아무리 시간이 지나고 환경에 변화를 주더라도 그 문제들이 당신을 따라다니는 것처럼 느껴져서 이것이 운명이나 팔자라고 생각했을지도 모른다. 하지만 이건 운명도 팔자도 아니다. 과거에 처리되지 못한 감정들이 스스로 배출되기 위해서, 외부의 특정 사건을 끌어당기고 인물을 끌어당긴 것이다. 모든 시나리오는 당신의 감정이 배출되기 위해서 스스로 만들어낸 마법 같은 에너지 작용이다. 이 결과로 당신이 억눌렀던 감정이 의식의 표면으로 튀어나왔을 뿐이다. 감정은 사라지지 않고 저장되고, 그 이상으로 당신의 삶에 큰 영향을 끼치고 있다. 당신 안에 쌓여 있는 감정들이 어떤 '인연'과 '운명'을 생성하고 있는 것이다.

당신의 삶에서 특정한 문제가 일어나고 있다면, 그것의 원인이 감정에 있다는 사실을 알아차려야 한다. 당신이 겪는 문제를 모두가 동일하게 겪고 있을 거라고 치부해서는 안 된다. 어떤 사람들은 자신이 겪는 문제를 세상의 이치라며 결코 피해갈 수 없다고 생각한다. 그들은 그 문제에서 벗어나는 걸 체념한다. 하지만 이건 자신의 경험에 빗대어 세상 전체를 일반화하는 오류다. 사람마다 과거에 쌓아온 감정의 종류와 총량에 따라서 반복적으로 일어나는 '우연한 불행'은 다를 수 있다. 그건 그 사람에게만 일어나고 있는 문제다. 특정한 사건에 반복적으로 시달리는 사람은 객관성을 잃고 주변에 조언을 남발할 수 있다.

'내가 겪고 있는 이 불행은 누구에게나 일어날 일이야.

그러니까 다들 조심해. 나도 내가 피할 수 있을 줄 알았
는데, 전혀 아니더라고.'

　누군가에게 위와 같은 인생 조언을 듣게 된다면, 아마
당신은 이렇게 생각할 것이다. 이 사람은 세상을 너무 부
정적이게 바라보고 불필요한 걱정이 많은 것 같다고, 세
상에는 좋은 가능성도 존재한다고 말이다. 당신이 생각
하기에, 그 사람이 유독 운이 없는 사람처럼 보일 것이다.
그는 당신이 겪지 않은 문제를 이미 여러 번 경험한 불행
아니까 말이다. 어쩌면, 당신도 그처럼 반복되는 불행 시
나리오에 빠져 '이 불행은 결코 피해갈 수 없다.'라고 공감
했을지도 모른다. 하지만 당신은 다른 사람의 삶을 체험
해보지 않았기 때문에, 완벽하게 객관적으로 생각할 수
없다. 당신이 아주 오래전부터 시달렸던 그 문제를 다른
사람들은 경험조차 해본 적 없을 수도 있다. 사실은 모두
가 그런 착각에 빠진 채로, 자기만의 인생 시나리오와 싸
우고 있다. 어떤 이들은 끝없는 자기혐오와 싸우고 있고,
어떤 이들은 우월과 열등감이라는 감정 속에서 허우적
거리며, 어떤 이들은 사랑받기 위해 고군분투하고 있으

며, 자신의 쓸모와 유능함을 증명하려 애쓰는 사람들도 있다. 무엇이 되었든 그들이 빠진 문제의 종류는 결국 그들이 가진 부정적인 감정에서 시작된 것이다. 감정은 에너지이므로 흘러가려는 속성이 있다. 그래서 한 인간의 마음 안에 갇혀 있기보다는 외부로 흘러가고 싶어 한다. 마음에 억눌린 채 저장된 감정은 계속해서 마음 밖으로 튀어나올 기회를 엿본다. 불쾌한 상황을 통해서 부정적인 감정이 심장을 통해 빠져나가려고 하기 때문에 특정한 사건이 끌어당겨지는 것이다.

아직도 감정은 무시하면 사라지는 환영 따위라고 생각하는가? 당신의 기분이 나빠질수록 불행한 사건이 연달아 일어났던 경험을 떠올려보자. 왜 하필 그때, 그 순간, 그 사람이, 그런 말을 했는지 너무 절묘하다고 생각해본 적 없는가? 다 잊은 줄 알았던 과거의 문제가 뜬금없이 1년 또는 10년 뒤에 재현되고 있다는 기시감을 느껴본 적이 있는가? 전 연인과의 끝나지 않은 문제를 새 연인과 또다시 반복하고 있다는 끔찍한 직감을 느껴본 적은? 당신이 가장 부끄럽고 감추고 싶었던 부분을 누군가 정확하게 지적하고 들춰냈던 경험은? 세상이 마치 작정하고 당신을 궁지에 내몰려고 하는 것처럼 불쾌한 상황이 연달아 일어났던 적은 없었는가?

감정은 언제나 거기에 있다. 무시한다고 사라지지 않는다. 끔찍했던 기분이 다시 괜찮아진 것처럼 느껴진다고 해서, 그 감정이 없어졌을 거라고 착각해서는 안 된다. 마음이 잠잠해진 이유는 당신이 가장 깊숙한 곳에 감정을 숨겨버렸기 때문이다. 당신의 시선을 화려한 외부 세상의 어떤 자극으로 산만하게 만들었기 때문에, 감정이 덜 느껴지는 것뿐이다. 한 번 만들어진 감정은 결코 사라지지 않는다. 감정을 내보낼 수 있는 출구는 마음이다. 이 감정이 존재함을 있는 그대로 인정하고, 마음을 통해 솔직하게 느끼고 받아들일 때 비로소 감정은 빠져나갈 수 있다.

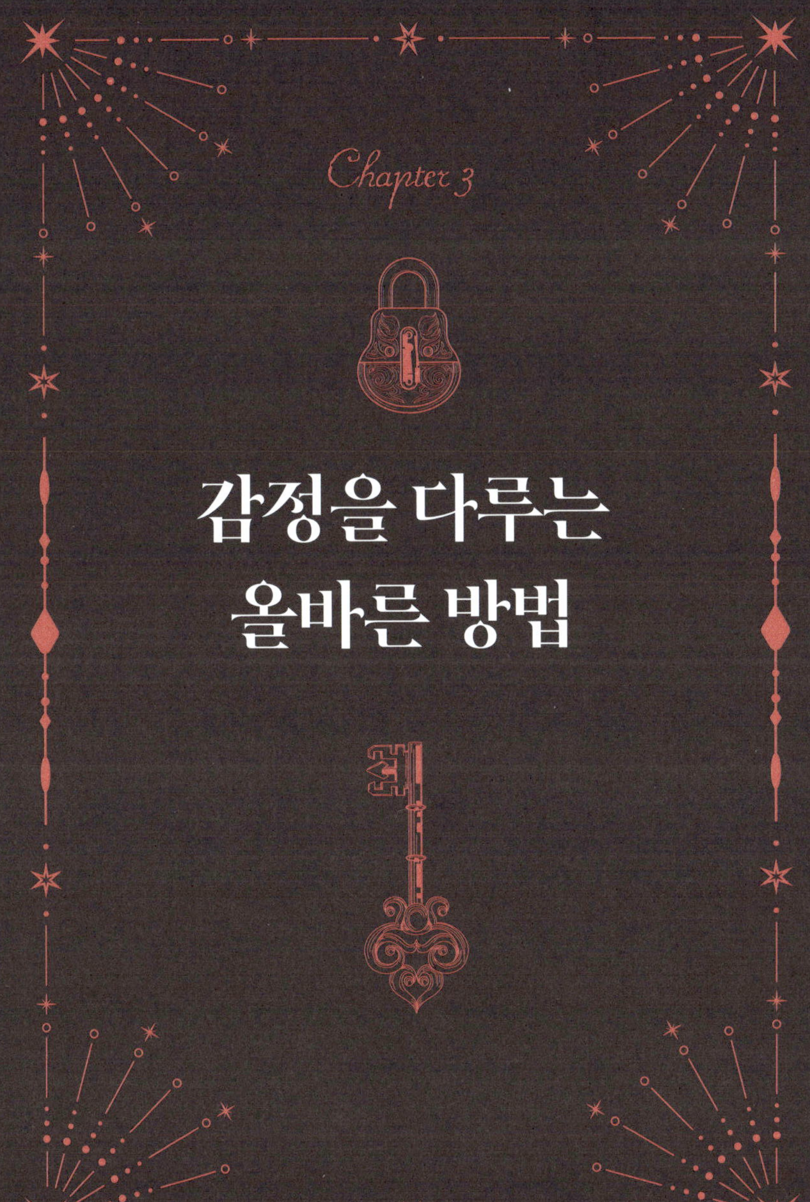

감정을 다루는 올바른 방법

감정은
누구에게나 필요한 지식이며,
매일 체험하는 일상이고,
인생을 살아가는 목적이자,
사람의 생과 사를 결정할 만큼
지대한 영향을 끼친다.

그런데
왜 학교에서는
감정을 다루는 방법을
가르치지 않는 걸까?

현대인이 감정을
해소하는 방법

사람들은 무거워진 마음을 가볍게 만들려고 본능적으로 어떤 행위들을 한다. 술을 마시고 자유분방하게 감정을 표현하는 것, 영화나 드라마를 시청하는 것이 가장 흔히 볼 수 있는 감정 해소 방식이다.

이야기는 어떤식으로 감정 해소를 유발할까? 사람들은 자신과 비슷한 조건을 가진 주인공에게 끌린다. 그리고 그에게 완전히 몰입한 채로, 이야기가 전개되는 내내 분노와 슬픔과 기쁨을 반복적으로 느낀다. 자신의 감정을 인정하고 받아들이는 것은 어렵고 거부감이 들지만, 가상의 등장인물을 통해서 감정을 배출하는 것은 편안하게 받아들인다. 이것은 하나의 오락거리에 불과하기 때문에, 현실의 복잡한 문제를 떠올리지 않으면서 자연스럽게 감정을 배출할 수 있는 이점이 있다. 하지만 잘 생각해보면 사건을 해결하기 위해 머리가 아픈 것은 드라마 속 인물들도 마찬가지다. 이야기 자체가 재밌어서 시청하는 것도 있지만, 시청자들은 자신의 감정을 터뜨리고 느낌으로써 배출하고 싶어서 그다음 이야기를 이어서 시청한다. 이야기 속 문제가 해결되는 그 순간, 등장인물들이 희로애락을 느끼는 그 순간, 함께 감동의 눈물을 흘리면서 어떤 무거운 감정이 빠져나가는 것을 체험하는 것이다. 이건 마치 오래 묵은 노폐물이 몸 밖으로 배출되는 것 같은 개운한 느낌이다. 알게 모르게 저장해왔던 감정을, 가상의 주인공과 함께 울고 웃으며 한 무더기 쏟아낼 수 있다.

드라마나 영화 외에도 책이나 만화 같은 이야기 속에서도 비슷한 효과를 체험할 수 있다. 하지만 이야기를 활용해 감정을 느끼는 것은 근본적인 문제를 해결할 수 없다. 당신의 마음 상태와 완벽하게 일치하는 영화 스토리는 없기 때문이다. 남의 이야기에 몰입해서 감정을 비우는 것에는 한계가 있다. 당신이 살면서 체험한 일과 느껴왔던 감정은 어느 누구와도 같지 않다. 그러므로 당신 스스로가 주인공인 스토리를 써서 그것을 시청하는 게 아닌 이상, 외부의 매체를 통한 감정 해소에는 한계가 있을 수밖에 없다.

당신 안에는 아직도 수많은 감정이 배출되기를 기다리고 있을 것이다. 어떤 영화나 드라마를 봐도 속 시원한 느낌이 들지 않고 답답하다면, 이것은 단순히 이야기가 재미없어서가 아니라 당신의 감정이 신호를 보내고 있는 것이다. 여기, 배출되고 싶어 하는 억눌린 감정이 있다고 말이다. 이 감정을 받아들이라고 말이다. 다른 사람의 이야기가 아니라, 당신 자신의 이야기에 집중하라고 마음이 신호를 보내고 있는 것이다.

간접적인 방법 말고 직접적인 방법으로 감정을 배출하는 경우도 있다. 평소에는 감정을 억누르던 사람이 술을 마시고 감정을 더 솔직하게 표현하는 것도 대표적인 감정해소법 중 하나다. 물론 음주는 건강에 나쁘고, 취중진담은 예상치 못한 문제를 일으키기도 하지만. 아무튼 가까운 사람들에게 자신의 속내를 털어놓고 불평과 불만을 쏟아내는 것만으로도 마음이 개운해질 수 있다. 이 모든 건 해묵은 에너지를 쏟아내는 행위다. 하루 종일, 1년 365일, 일평생 쌓아왔던 무거운 감정은 아주 거대하다. 그 숨 막히는 무게감 속에서 조금이라도 숨통을 틔우고자 모두가 애쓰고 있다. 자신이 무얼 하는지도 모르게, 어디로든 감정을 토해내고 싶어서 안달이다.

우리는 왜 속 깊은 이야기를 털어놓을 수 있는 사람을 찾아 헤맸을까? 혼자서는 무거운 감정을 고스란히 느끼고 마주할 용기가 없기 때문이다. 누군가 옆에 자리를 지키고 있는 것만으로도 안심이 되기 때문이다. 하지만 언제든 당신의 이야기를 진심으로 들어줄 만한 사람을 구하기란 쉽지 않다. 그리고 그런 사람이 있다고 해도, 당신이 스스로의 감정을 인정하지 않고 거짓말을 할 수도 있다. 괜찮은 척하거나 감정을 진실과 다르게 왜곡해서 털어놓을 수도 있다. 스스로의 연약함을 감추고 싶고, 오만을 숨기고 싶고, 자신이 맞다는 것을 증명시켜 보이고 싶어서 솔직해지지 못하는 것이다. 우리는 타인에게 자신의 속내를 털어놓는 순간에도 자기 방어적으로 말하거나 스스로를 변호한다. 그마저도 털어놓을 용기가 없어서 술의 힘을 빌린다.

누군가와의 대화에서 감정을 온전히 풀어내는 것은 상당히 어렵다. 내 이야기를 그 어떤 판단도 없이 경청해주는 상대 앞에서, 스스로의 가장 나약하고 이기적인 면까지 드러낼 수 있다면 가능하겠지만. 어디 그런 믿을 만한 사람을 찾는 게 쉬운 일인가? 게다가 그런 특별한 사람 앞에서 자신의 가장 추한 모습을 보여줄 수 있겠는가? 그게 가능할지라도 평생 쌓아둔 감정을 다 쏟아내고 싶다고 몇 날 며칠 상대를 붙잡고 무한정 떠들 수는 없다.

결국 스스로의 감정을 알아차려주고, 쏟아낼 수 있게 경청해주어야 할 인물은 당신 자신밖에 없다. 당신이 살아온 날은 참 많은 사건으로 가득했다. 그 크고 작은 사건들 속에서 당신은 다양한 감정을 만들었을 것이다. 미처 처리하지 못하고 억누른 감정의 양은, 다 헤아릴 수 없을 만큼 방대할 것이다. 당신을 슬프게 했던 모든 일, 화나게 했던, 외롭게 했던 그 모든 일을 떠올려보자. 그 걸 전부 솔직하게 털어놓을 수 있다면, 그 무거운 감정들로부터 자유로워질 수 있다면 어떨 것 같나? 누구에게도 기대지 않고, 누구의 시선도 신경 쓰지 않은 채, 혼자서 이 감정을 전부 처리할 수 있다면? 이 모든 게 가능하다.

감정을 느끼고
비워내는 연습하기

여기까지 읽었다면, 당신은 살아온 내내 만들어온 모든 감정을 당장 토해내고 싶을 것이다. 그 감정들이 당신을 여태 우울하게 만들고, 부정적으로 만들고, 불행을 끌고 들어왔다는 사실을 깨달았을 테니까. 알지 못해서 쌓아두기만 했던 부정적인 감정들이 소름 끼치게 느껴질 수도 있다. 자, 이제 본론으로 들어가 감정을 느끼고 비워내는 아주 간단한 원리를 이야기해보겠다.

감정을 느끼고 배출하는 것은 정말 쉽다. 마음에서 느껴지는 불편한 감정 하나에 집중해보자. 눈을 감아도 좋고 눈을 뜬 채로 있어도 좋다. 만약 주변이 시끄럽고 사람들이 많다면 눈을 감는 편이 집중이 잘 될 것이다. 딱 하나의 감정에만 집중해야 한다. 그 편이 훨씬 쉽기 때문이다. 이 감정을 '먹어본다'라고 상상해보자. 음식은 혓바닥으로 음미하지만, 감정은 마음으로 음미하는 것이다. 당신은 앞으로 모든 감정을 느끼는 과정에서 마음에 집중해야 한다. 마치 우리가 눈을 감고 어떤 음식을 먹으면서 그 음식이 무엇인지 맞히는 게임을 한다고 생각하면 쉽다. 마음속에서 느껴지는 그 감정을 보다 '섬세'하게 음미하는 것이다. 느끼는 척만 하면 안 된다. 잠깐 느껴보고 회피해서도 안 된다. 지금 느끼고 있는 이 감정을 단순한 단어로 정의 내려서는 안 된다. 그걸로는 부족하다. 감정을 느끼는 게 불편해서 대충 뭉뚱그리거나 감정에 이름을 가져다 붙이고 도망치지 말라는 소리다. 한입짜리 음식을 100번 씹고 살살 녹여 먹는다고 생각해야 한다. 그만큼 아주 섬세하게 집중해서 감정을 음미해야 한다. 감정의 정체를 파악하는 것이 첫 번째 단계다. 이 감정이 어디서 어떻게 왜 생겨났는지 파악해야 한다.

예를 들면 이런 식이다. 당신은 친구를 만나고 와서 불편한 감정을 느꼈고, 그 감정에 이 원리를 적용한다고 해보면 다음과 같이 진행될 것이다. 우선, 집으로 돌아가는 지하철이 시끄러우니 눈을 감고 불편한 감정 자체에 집중할 것이다. 그리고 이 불편한 감정을 마음으로 섬세하게 느껴보면서 이것이 '어떤 종류'의 불편함인지 추리하기 시작하는 것이다.

음, 이 느낌은 마치 혼자가 된 것만 같은 외로움과도 비슷해. 하지만 거기에 약간의 배신감도 느껴지고. 그래, 나는 소외감을 느끼고 있는 것 같아. 하지만 이게 다는 아니야. 뭔가 더 있어. 음, 조금 슬픈 것 같기도 해. 하지만 동시에 무기력해. 그 친구한테 나는 어떤 의미지? 나만 그 애를 친구라고 생각했던 걸까? 어쩌면 처음부터 우린 별로 가까운 사이가 아니었던 걸까? 그 친구에게 서운하면서도 배신감과 원망이 같이 들어. 나는 그 친구를 소중하게 생각하고 있었는데, 그 애는 나만큼 날 소중하게 생각하지 않는 것 같았거든. 그래서 실망했

던 것 같아. 가장 가까운 친구라고 생각했는데, 나
만 그렇게 생각했던 걸지도 몰라. 이제 혼자 남겨
진 것 같아서 슬프네. 내가 그 애와 잘 지내기 위해
서 했던 모든 노력이 바보 같아. 더 이상 아무런 노
력도 하고 싶지 않아서 무기력한 것 같아.

이런 식으로 감정을 음미하다 보면 '불쾌감'의 정체를
파악할 수 있다. 그 정체가 한두 개의 감정일 수도 있겠
지만, 여러 가지 감정이 혼합되어 있을 수도 있다. 처음에
는 하나의 느낌에서 출발했더라도 다양한 감정이 느껴질
수 있다. 이것은 매우 자연스러운 현상이다. 사람의 마음
은 다층적이다. 스스로도 자각하지 못한 기저 심리가 있
기 때문에, 마음을 파고들다 보면 숨겨진 감정을 발굴할
수 있다. 더 깊이 들여다볼수록 감정의 형태가 변화할 수
도 있다. 처음에는 분노인 줄 알았으나 결국에는 슬픔이
었다는 것을 발견하게 될 수도 있다는 것이다. 어떤 사람
은 너무 슬퍼서 화를 내고, 어떤 사람은 열정을 주체할
수 없어서 짜증을 내고, 어떤 사람은 열등감을 감추고자
애써 우월감으로 덮는다. 아이러니하지 않은가? 처음 표

층에서 느꼈던 감정을 타고 타고 내려가면 그 진심은 전혀 다른 형태일 수 있다. 그래서 감정은 잠깐 느껴보고 쉽게 판단해서는 안 된다. 그 밑에 깔려 있는 최초의 감정을 발견할 때까지 계속해서 음미하고 추리하며 타고 타고 내려가야만 한다. 그렇게 다양한 감정의 흐름을 하나씩 느껴보고 나서 스스로에게 이렇게 말해주면 된다.

'그랬구나. 이런 감정들이 내 안에 있었어.'

어떤 판단도, 평가도, 합리화도 하지 말고 그냥 있는 그대로 인정하면 된다. 그 감정이 내 마음속에 있다는 것을 깔끔하게 인정하기. 이게 핵심이다. 감정을 인정하는 것이 부끄러워서 포장하거나 변명해서는 안 된다. 상황이 나빠서, 그 사람이 나빠서 이 감정이 생겨난 거니까 자신은 이 감정에 책임질 필요가 없다고 떠넘겨도 안 된다. 감정을 좋고 나쁨으로 나누고 거부하려는 습관도 내려놓자. 나쁜 감정이라고 부정하면 비워낼 수 없다. 당신을 비롯한 누구나 다양한 감정을 느낄 수 있다. 감정은 당신이라는 그릇 안에 담겨있는 에너지일 뿐이므로, 감정과 스스로를 동일시할 필요는 없다. 따라서 당신이 만들어낸 감정이 아름답지 않다고 거부할 이유도 없다. 감정이 내 마음에 '존재하고 있다'는 것을 인정함으로써 받아들이는게 중요하다.

그다음 깊이 호흡하자. 당신이 인정한 모든 감정을 하나하나 느끼며 호흡에 집중하는 것이다. 감정을 마주하는 게 두렵거나 꺼려진다면 심장에 손을 얹고 부드럽게 토닥이는 것도 도움이 된다. 그리고 마음에 이렇게 속삭이면 된다.

'맞아. 나는 이런 감정을 느꼈어. 난 힘들었어. 그리고 슬펐지. 외롭기도 했고.'

감정을 인정하기 시작하는 순간 더 선명하게 느껴질 수도 있다. 감정이 더 생기는 걸까봐 겁먹을 필요는 없다. 이 현상은 그동안 외면함으로써 억눌려 있던 감정이 본래의 부피로 되돌아왔기 때문에 잠시 커진 것처럼 느껴지는 것 뿐이다. 프라이팬에 눌어붙어 타버린 음식물 찌꺼기를 세척하기 위해서 물에 불리는 과정이 필요하다.

그 과정에서 찌꺼기들이 수분을 머금고 부피가 커진 것처럼 보이는 것과 비슷한 원리다. 우리는 이 찌든 때를 씻어내기 위해서 필연적으로 감정을 원래의 부피로 되돌릴 필요가 있다. 느껴야 배출이 되므로, 의식의 표면으로 감정을 불러들이고 느끼는 과정이 필요하다.

눈에 보이지 않는 감정을 다루는 과정에서 많은 사람들이 그것을 제대로 목격할 수 없기 때문에 작은 변화에도 깜짝 놀라곤 한다. 당신 역시 이 방법을 실행하는 과정에서 '불쾌한 감정'을 스스로 느껴야만 한다는 것에 거부감을 느낄 수 있다. 하지만 과거와 같은 방식으로는 더 이상 당신의 마음을 변화시킬 수 없다. 감정을 비워내기 위해서 당신이 택했던 수단들이 전부 효과가 없었음을 인정하기 바란다. 이제부터는 도망치지 말고, 감정 앞에 당당히 서서 그것을 마주해보자. 도망치는 것은 정답이 아니다. 감정을 똑바로 마주하고, 온전히 느낄 수록 이 감정을 더 완벽하게 비워낼 수 있다. 억눌렀던 감정을 인정하는 과정에서 감정의 부피는 잠시 커진 것처럼 느껴질 수 있다. 하지만 호흡과 함께 마음으로 느껴보면 점차 빠져나가는 것을 체험하게 될 것이다. 당신이 해야 할 것은 자신의 감정을 인정하고 스스로를 다독이는 것이다.

'그랬구나. 그래, 힘들었겠다. 화났겠다. 속상했겠다. 그럴 만도 해.'

감정을 느껴도 된다는 무언의 허락이 당신의 에너지를 더 빠르게 순환시켜줄 것이다. 세상에서 가장 따뜻하고 이해심 깊은 사람이 되어 당신의 감정에 공감해주자. 더 용기 내어 마주할 수 있게 잘하고 있다고 격려해주자. 불편한 감정을 내보내는 과정에서 눈물이 나올 수도 있고, 더 큰 슬픔과 억울함이 올라올 수도 있다. 이것은 당신이 마음에 '하나의 길'을 내어 순환을 시키고 있기 때문에, 그동안 정체되어 있던 많은 부정적인 감정들이 비워지기 위해서 한 번에 올라와서 나타나는 증상이다. 감정은 인정하기 시작할 때 더 빠르게 올라오고 더 빠르게 비워진다. 오랫동안 막혀 있던 수도꼭지가 뻥 하고 뚫리는 것처럼 감정이 쏟아질 수도 있다. 성급하게 할 필요는 없다. 한 번에 하나의 기억에만 집중해보자. 할 수 있는 만큼,

아주 조금씩 느끼고 비우는 연습을 해보자. 처음에는 1분으로 충분하다. 그 뒤로는 5분 또는 10분으로 늘릴 수도 있을 것이다. 이 과정에서 불편한 감정을 느끼고 인정하고 비워낸 자신을 기특하게 여겨도 좋다. 아름답지 않은 감정을 음미하는 과정이 쉽지는 않겠지만, 이 불쾌감에 익숙해진다면 이후에 진행할 모든 작업이 훨씬 수월해진다.

감정을 다루는 스킬을 수영이라고 친다면, 불편한 감정을 느껴보는 연습은 숨 참기에 해당된다. 수영을 하기 위해서는 조금 불편하더라도 이 연습이 필수지 않은가? 감정을 다루는 과정에서는 불편한 감정을 회피해서는 안 된다. 오히려 불편한 감정에 익숙해져야 한다. 모든 수수께끼는 불편한 감정 한가운데에 있기 때문에, 감정의 원인을 파악하고 해체시키려면 불편한 감정을 느끼는 것 정도는 익숙해져야만 한다. 물론 말처럼 쉽지는 않을 것이다. 처음에는 특히 더 어렵게 느껴지거나 습관적으로 회피하려는 자신을 마주할 수 있다. 감정을 느끼는 게 불안하고 두려울 땐 이 사실을 기억하라.

감정은 에너지일 뿐이다.

그것은 당신의 성격도 정체성도 아니고 운명도 팔자도 아니다.

그러니 잠시 느껴본다고 해서 큰일 나는 건 아니다. 당신은 지금 매우 안전한 곳에서 감정 에너지를 느끼고 있을 뿐이다. 두려운 느낌, 슬프고 혼자 남겨진 느낌, 수치스럽고 답답한 이 느낌은 전부 에너지에 불과하다. 당신의 마음속에 남아 있는 감정은 과거의 잔재일 뿐이다. 오히려 과거의 감정을 인정하고 마주함으로써 비워내고 나면 마음이 한결 가벼워졌음을 깨닫게 될 것이다. 불편한 감정을 느끼고 난 뒤에 당신은 스스로에 대해서 더 깊이 이해하게 된다. 그리고 어떤 감정은 알아차리고 받아들이는 것만으로 일부 비워질 수 있다. 물론 이 느껴보는 과정만으로는 감정을 깔끔하게 다 비워낼 수 없다. 좀 더 확실한 효과를 위해서, 바로 다음 챕터에서 글쓰기를 통해 감정을 비우는 방법을 알려주겠다.

감정의
수도꼭지 틀기

나는 많은 사람들이 자신의 불쾌한 감정을 마주하고 비워내는 것을 돕기 위해 다양한 방법을 연구했다. 그 결과 가장 효과적이고 단순한 방법을 찾아냈다. 그것은 바로 당신의 마음 안에서 일어나는 일들을 '받아 적기' 하는 것이다. 감정을 느껴보고, 마주하고, 비워내는 과정을 글로 쓰다 보면 회피하기가 어렵다. 느껴보지 않은 것을 설명할 수는 없고, 느껴보지 않은 것을 글로 쓸 수 없기 때문에, 글로 쓰기 위해서 강제로 감정을 느껴보게 되는 상황이 조성되는 것이다.

이때, 주의사항이 있다. 이 글은 말 그대로 수도꼭지를 트는 행위다. 그동안 꼭 잠가두었던 '감정의 수도꼭지'를 다시 틀려면 레버를 돌리면 된다. 그게 전부다. 다른 부자연스러운 행위를 해서는 안 된다. 예를 들면 자신의 감정을 실제와 다르게 왜곡해서는 안 된다. 이 감정을 느끼는 게 올바르지 않다고 생각해서 부정하는 것도 금물이다. 느껴지는 감정이 전혀 아름답지 않아서 감추고 싶은 기분이 들 수도 있다. 자신의 마음을 들여다본다는 것은, 스스로의 추하고 나약하며 이기적인 마음을 겸허하게 받아들이겠다는 뜻이다. 그러니 느껴지는 것들이 전혀 아름답지 않다고 이 행위를 멈춰서는 안된다. 감추고 싶은 감정을 그럴싸한 감정으로 덮어씌워 우기는 것도 안된다. 느껴지는 감정이 불편하다고 제대로 음미하지 않고 긍정 마인드로 대충 마무리 지어버리는 것도 금물이다.

이 모든 주의사항은 '눈 감고 마음으로 감정 느끼기'에서 쉽게 위반할 수 있으나, 글쓰기에서는 그럴 수 없다. 글쓰기에는 이런 모든 과정들이 전부 다 기록되기 때문에 자신을 속일 수 없다. 그래서 감정을 대하는 자신의 잘못된 습관을 스스로 체크하기에 글쓰기가 가장 좋다. 그리고 '뭔가를 써야 한다'는 목적 때문에 감정을 더 깊게 느껴보고 관찰하게 될 것이다. 느끼지 않으면 쓸 거리가 없기 때문이다. 이런 강제성이 감정을 느끼고 마주하는 데 굉장히 도움이 된다. 자신의 마음을 서술하는 과정에서 글을 두 눈으로 확인해버리는 것만큼 확실한 인정이 있을까? 봐버리면 그 존재를 인정할 수밖에 없으니, 내가 위에서 말한 모든 원리가 이 글쓰기 하나로 완성된다.

나는 이 글쓰기에 '감정의 수도꼭지 틀기'라는 이름을 붙였다. 아주 오랫동안 물 한 방울 틀지 않아 수도꼭지로서의 기능을 제대로 하지 못했던 그것 내부에는 많은 찌꺼기가 쌓여 있다. 이제 우리는 레버를 돌림으로써 다시 감정을 느껴보게 될 것이다. 처음에는 불편한 감정들이 찌꺼기처럼 많이 딸려 나오겠지만, 이내 기분 좋은 감정이 흘러갈 수 있는 통로를 확보하게 될 것이다. 비워지고 또 비워지다 보면 그 빈자리에는 새로운 것들이 흐르게 될 것이다. 기쁨, 설렘, 사랑, 희망, 열정, 평온과 같은 따스한 에너지들이 당신의 마음에 흐르게 될 때까지 우리는 이 수도꼭지를 틀어 더러운 것들을 씻어낼 것이다. 그러니 초반엔 당신의 마음에 이런 끔찍한 감정들이 있었다는 것을 목격해도 놀라지 말자. 언제까지나 그러지는 않을 테니까. 언젠간, 반드시 맑은 물이 나올 테니까 말이다. 자, 그럼 이제 아래 7가지 원칙에 따라 '감정의 수도꼭지 틀기'를 해보자.

감정의 수도꼭지 틀기

1 현재 비워내고자 하는 불쾌한 느낌을 정한다.
   (특정한 사건을 지정해도 좋다.)
2 그 불쾌한 느낌에 대해서 최대한 자세하게 서술한다.
   이 과정에서 마음에 집중하며 최대한 감정을 섬세하게 음미해본다.
3 아무런 판단도 하지 말고 느껴지는 감정을 '받아쓰기' 하자.
4 상처 입은 자신의 마음을 위로해주고 공감해주도록 하자.

5 감정이 비워져 마음이 차분해지면, 이 감정이
   발생한 원인을 분석해보자.
   (이때에는 이성적으로 분석해도 된다.)

6 앞으로 이와 같은 상황이 발생한다면, 스스로
   어떻게 대응해야 할지 답을 찾아보자.

7 과거의 특정 사건이 떠오른다면, 다음에 이어
   서 해당 주제로 수도꼭지 글쓰기를 진행하면
   된다.

이 글쓰기는 기본적으로 최소 30분 정도 진행하기를
바란다. 감정의 규모에 따라서 1시간이 필요할 수도 있
고 그 이상이 걸릴 수도 있다. 숙련자는 짧은 시간 내에
더 많은 감정을 비워낼 수 있지만, 초심자는 작은 감정을
비워내는 데에 상당한 시간이 걸릴 수 있다. 감정을 느끼
는 과정에서 본능적으로 회피하는 습관 때문에 비워내
는 속도가 더딜 수 있는데, 이것은 반복적으로 연습하면
점차 나아질 것이다. 만약 이 작업이 너무 길어진다면, 중
간에 한 번 끊고 다음 날 이어서 해도 좋다. 한 번에 7번
째 단계까지 진행한다면 해당 감정이 완전히 비워졌거나

반절 이상은 비워진 것이다. 완벽하게 개운한 느낌이 들지 않는다면, 더 깊은 기저 심리를 파악하지 못했거나 해당 감정이 또 다른 기억과 연결되었기 때문이다. 아니면 그냥 해당 감정의 총량이 너무 많아서 한 번에 비우지 못했던 걸 수도 있다.

이 글쓰기 방법은 내가 온오프라인에서 활동해왔던 내내 많은 사람들이 실행하고 있는 '감정 정화법'이다. 이건 일반적인 일기와 차이점이 있다. 머리가 아닌 가슴으로 느껴지는 대로 쓰는 글이고, 아주 솔직하게 써야 한다. 어떤 여과도 없이 있는 그대로 받아쓰는 행위다. 이 글쓰기를 할 때만큼은, 어떤 감정도 자유롭게 느끼고 표현할 수 있다. 이것은 당신에게 주어진 최초의 자유일지도 모른다. 좋은 감정만 느끼고 표현해야 한다는 스스로의 한계의 세상이 만든 제한으로부터 자신을 완벽하게 해방시키는 것이다. 당신은 자신이 느껴왔던 모든 불쾌한 감정을 자유롭게 느끼고, 쓸 수 있다. 단, 이 찌꺼기들을 외부에 공개하는 일은 없어야 한다. 오직 당신 혼자만 비밀스럽게 진행해야만, 앞으로의 글쓰기에서 스스로에게 솔직해질 수 있다. 만약 당신이 자신의 찌꺼기를 토해 낸 글을 다른 이에게 보여준다면, 다음 글쓰기에서는 스스로에게 거짓말을 하게 될 것이다. 언젠간 이 글을 누구에게 보여줄 수도 있기 때문에, 타인을 의식해서 쓰게 된다. 있어 보이는 척, 긍정적이고 현명하고 지혜로운 척을 하게 되면 있는 그대로 감정을 느낄 수 없다. 또다시 감정을 머리로 판단하고 억누르거나, 우겨대거나, 외면하는 문제를 반복할 수도 있다. 게다가 당신의 부정적인 에너지를 다른 누군가가 읽고 공명하면 그다지 좋지 못한 상황이 발생할 수도 있다. 당신이 간직하고 싶지 않아 토해 낸 부정적인 에너지가 담긴 이 글은 누구도 모르게 혼자만 간직하거나 잊어버리는 편이 좋다. 뭐, 저장해두었다가 언젠가 다시 읽어보고 스스로의 성장에 감탄하게 되는 것도 의미가 있겠지만. 그 과정에서 누군가에게 당신의 비밀 노트가 들키지 않게 주의하라. 당신이 마음껏 날뛰고 표현하고 자유로워질 수 있는 이 안식처는 비밀로 유지되어야 제 기능을 발휘할 것이다.

　누구의 판단도 규칙도 신경 쓰지 않고, 올라오는 대로 마음껏 느끼고 표현할 준비가 되었나? 평생을 쌓아두었던 감정을 전부 토해낼 준비가 되었는가? 당신 안의 불편한 감정들이 들썩거리면서 해방되려고 시동 거는 소리가 들리지 않는가? 이 글쓰기를 마칠 때마다 몸과 마음이 가벼워지고 시야가 트이며, 짜릿한 쾌감과 자유로움을 느끼게 될 것이다. 또한 당신은 시간이 지날수록 고리타분한 생각에서 벗어나 감정을 속 시원하게 느끼고, 마침내 감정을 해방시키는 이 행위에 완벽하게 매료되어버릴 것이다.

어떤 감정을 느껴야 한다고
강요하지 말 것

스스로의 감정을 마주하다 보면, 온갖 추잡하고 나약하고 이기적인 욕망을 마주하게 될 것이다. 그런 자신의 미숙함과 무지에 딴지를 걸고 싶은 마음이 올라올 수도 있다. 훈계를 하거나 '이런 감정은 느끼면 안 돼.'라고 가르치고 싶을지도 모른다. '언제까지 징징거릴 거야? 이제 그만 현명하고 지혜로운 교양인처럼 굴어야 하지 않겠어?'라고 스스로를 재촉하고 싶을지도 모른다. 그래서 자신의 감정을 의도적으로 유인해서 우기는 일도 생길 수 있다. 이런 엄청난 실수를 저지르지 않게 조심하자. 아래 문장을 따라 읽고 스스로에게 솔직해질 기회를 허락하자.

당신의 마음을 솔직하게 들여다보면 스스로에게 실망할 수도 있다. 생각보다 너무 겁쟁이라서, 너무 연약해서, 너무 이기적이고 영악해서, 너무 게으르고 의존적이라서 말이다. 남 탓만 하는 욕심쟁이에 고집불통인 자신을 마주할 수도 있다. 하지만 그렇다고 해서 그런 자신을 판단하고 '지혜롭고 현명한 사람은 그런 감정을 느껴서는 안 돼.'라고 지시하는 것은 금물이다. 감정 앞에서 솔로몬이 되지 말자. 솔로몬은 언제나 문제 앞에서 현명한 답을 내리는 존재다. 누구나 마음속에 솔로몬처럼 행동하고자 하는 부분이 있다. 하지만 감정을 비워내는 과정에서는 이 태도가 매우 큰 장애물이 된다.

감정은 머리로 비우는 것이 아니다. 마음으로 비우는 것이다. 앞서 소개한 '수도꼭지 틀기' 스킬을 살펴보면 정교한 규칙이 숨어 있다. 처음에는 '마음'으로 감정을 느낀 다음에, 감정이 어느 정도 비워지고 차분해진 상태가 되

면 비로소 '머리'로 상황을 분석하고 감정의 발생 원인을
찾아내는 것이다. 이 순서를 뒤바꾸면 절대 안 된다. 머리
로 감정을 재단하려고 하는 순간 감정은 흘러가지 않고
콱 막히거나 도로 들어간다. 당신이 용기 내어 솔직한 마
음을 털어놨는데, 상대방이 그런 당신을 재단하고 평가
하고 지적한다면 어떻게 그 다음 이야기를 이어갈 수 있
겠는가? 입을 꾹 다물고 말하기를 멈춰버릴 것이다. 앞으
로는 스스로의 이야기를 판단 없이 경청해주는 연습을
해야 한다. 감정을 비워내고 마음이 잔잔해진 상태에서
는 이성적으로 사고하는 게 가능하겠지만, 감정이 한 톨
이라도 남아 있는 상황에서는 이성적으로 감정을 제어할
수 없다. 그러니 감정을 먼저 잠재우고 비워낸 다음에 차
분해지면 이성을 발동시키자. 그전까지는 이성이 감정을
존중해주어야 한다. 당신 안의 솔로몬에게 잠시 기다리
라고 하자.

예를 들면, 당신이 어떤 상황에서 질투심을 느꼈다고
해보자. 이 질투심이라는 감정을 마음으로 느끼고, 언제
어떤 상황에서 더 많은 질투심이 느껴졌는지 관찰하는

게 중요하다. 질투심에서 시작된 감정이 초조와 불안으로 이어졌을 수도 있고, 어쩌면 자기혐오로 이어졌을 수도 있다. 하나의 감정은 또 다른 감정을 유발하기 때문이다. 질투의 형태도 다양하기 때문에 단순히 감정의 이름을 붙이는 것으로는 충분히 느꼈다고 볼 수는 없다. '이러한 상황에서 저런 부분이 마치 이런 느낌을 주었다.' 이런 식으로 세밀하게 느끼고 써보는 게 중요하다. 하나의 감정을 보다 깊이 음미하면서 구체적으로 서술하는 것이다. 그래야 감춰져 있던 감정의 정체를 자각할 수 있고 마침내 인정하게 될 테니까 말이다. 이때 질투심을 느끼는 자신이 잘못되었다고 느끼거나 부끄럽게 느껴져서 감정을 부정해서는 안 된다. 질투심은 올바르지 않은 감정이라며 '어딘가에서 봤을 법한 명언'으로 스스로에게 훈수를 둬서도 안 된다. 그런 번지르르한 이야기는 감정을 마주하고 비우는 것에 한 톨의 도움도 되지 않는다. 오히려 감정을 도로 억누르게 해서 방해만 된다.

감정을 마주하는 연습 중에는 차라리 스스로에게 바보나 비겁자, 혹은 하나도 멋지지 않은 겁쟁이가 되어도 좋다고 허락해주는 편이 좋다. '넌 이래야만 해! 저래야만 해! 성숙하고 올바르며 지혜로워야 해!'라는 강박증을 버려야 한다. 감정을 비우기 위해 정답 인간이 될 필요는 없다. 감정을 받아들이는 과정에서 당신은 세상에서 제일가는 성격 파탄자에 좀생이 쫄보가 될 수도 있다. 하지만 괜찮다. 다시 한 번 말하지만 감정은 당신이 아니다. 감정과 자신을 동일시하는 착각에 빠지지 말자. 감정은 성격도 아니고 운명도 팔자도 아니다. 감정은 단지 하나의 에너지에 불과하며, 당신은 그 에너지에 영향을 받고 있는 상태일 뿐이다. 그러므로 질투나 원망 같은 아름답지 않은 감정을 느낀다고 해도 전혀 부끄러워할 필요가 없다. 인간이라면 누구든 다양한 감정을 느끼는 게 당연하니까. 그것을 스스로 깨닫고 인정하는지 아닌지 차이만 있을 뿐, 누구든 당신처럼 아름답지 않은 감정을 느끼고 있다. 그러므로 이 감정 정화 작업에서 솔로몬은 필요하지 않다. 등장해야 한다면 감정이 전부 비워진 '후반전'에 나오는 것으로 충분하다.

스스로에 대한 기대나 압박을 내려놓고, 마치 5살짜리

아이처럼 솔직하게 자신의 감정을 마주하도록 하자. 누군가가 밉고 원망스럽다고 솔직히 써도 좋다. 누군가가 질투나고 짜증 난다고 적어도 좋다. 어떤 이의 말 한마디에 좀생이같이 삐져버렸다고 고백해도 좋다. 그 사람의 어떤 부분들이 마음에 들지 않는다고 투덜거리며 하나하나 지적해도 좋다. 감정을 비워내는 과정에서 '이미 생겨난' 감정을 부정하지 않고 전부 쏟아내야 하니, 판단하지 말고 느껴보고 비워내자.

> 지혜로워지기 위해서는 자신의 어리석음을 마주해야 한다. 용기를 내기 위해서는 두려움을 먼저 마주해야 한다. 확신을 얻으려면 불안을 마주함으로써 스스로를 단단하게 만들어야 한다. 아름다운 마음씨와 현명한 지성을 갖춘 사람이 되고 싶다면 그와 반대되는 지독한 자신을 마주할 용기를 가져야 한다.

현재의 상처 입고 부족한 자신을 인정하지 않고서는 스스로를 치유할 수 없고, 성장할 수도 없다.

세상에 옳고 그름을 논하는 사람은 많다. 하지만 생각으로는 절대 감정을 제어할 수 없다. 단순히 이렇게 해야 한다, 저렇게 해야 한다는 생각만으로 감정이 완벽하게 컨트롤되는 거였다면, 어째서 이렇게 많은 사람들이 감정을 통제하지 못하고 고통에 빠져 있을까?

지금껏 인류는 감정을 머리로 분석하고 재해석하며 통제하려고 했겠지만, 감정은 마음으로 접근해야 한다. 머리로 판단하지 말고 가슴으로 감정을 느껴보는 습관을 들이자. 이 방법이 얼마나 효과적일지는 직접 해보면 알 것이다. 그리고 당신은 후회하게 될 것이다. 이렇게 간단한 스킬을 몰라서 지금까지 무거운 마음으로 힘들게 살았다는 것을. 그동안 고통받았던 세월이 너무 아까워 이 진실을 빨리 알게 되지 못한 것에 아쉬워할 것이다. 하지만 속상해할 필요는 없다. 앞으로 당신이 낭비했을 예정인 모든 고통의 세월을 단축하게 된 셈이니까. 지금부터 마법 같은 변화가 일어날 테니 기대해도 좋다. 한 번도 마음의 자유를 얻어본 적 없던 자신에게, 매일매일 더 가볍고 행복해진다는 느낌을 선물할 수 있을 테니까. 이것

이야말로 지난 세월의 울분을 씻어줄 가장 짜릿하고 통
쾌한 보상 아니겠는가?

긍정 마인드가
위험한 이유

많은 사람들이 긍정 마인드를 외칠 때, 나는 무지성 긍정 마인드가 얼마나 위험한지에 대해서 이야기한다.

이 세상은 온갖 사건들로 가득하다. 정말 세상이 아름답기만 하고, 모든 사람들이 믿을 만하고, 당신이 뒤통수 맞을 일도 없다면 얼마나 좋겠는가? 이곳이 아름다운 동화 속이라면 우리는 모든 걸 긍정적으로 바라보고 해석해도 안전할 것이다. 하지만 실제로는 그렇지 않다. 언제 어떤 위험이 당신의 인생을 위협할지 모르고, 어떤 인물이 겉 다르고 속 다르게 위장하여 당신을 이용할지 모른다. 당신이 원하지 않는 것들을 거절해야 하는 상황도 있을 것이고, 누군가와 갈등을 겪을 수도 있을 것이다. 이 과정에서 당신은 목소리를 내야한다. 스스로를 보호하기 위해서, 당신을 변호해야 할 수도 있다. 다른사람들과 반대되는 의견을 내세우며 거절하는 과정은 결코 쉽지도 유쾌하지도 않을 것이다. 그리고 여러 사람과 의견이 충돌하다보면 옳고그름의 함정에 빠질 수 있다. 정말 당신의 의견이 맞는지 스스로 의심하게 되는 것이다.

무엇이 옳고, 무엇이 그른가? 무엇이 당신을 위한 선택인가? 많은 사람들이 외치는 정답이 당신에게도 과연 정답일까? 누군가의 의견에 무조건 좋다고 대답해야할까? 당신의 마음 깊은 곳에서 타인의 의견과 반대되는 마음이 튀어나오면 어찌할 셈인가? 이때 무지성 긍정 마인드가 도움이 될까? 뭐든지 좋게 생각하며 YES라고만 외치는 것은 위험하다. NO라고 말할 때도 있어야 한다.

현상과 사람을 바라볼 때에는 긍정적으로 보거나 부정적으로 볼 필요 없이 통찰력을 발휘하면 된다. 진실은 다양한 정보를 담고 있다. 하나의 대상에서 여러 가지 정보를 얻을 수 있으며, 그 정보는 단순히 좋다 나쁘다로 구분하기 어렵다. 인간도 좋은 사람과 나쁜 사람으로 명확하게 구분짓기 어렵다. 그래서 한 인물에 대해서 파악하려면 그의 행동과 표정을 관찰해야 한다. 상대가 내뱉은 말을 있는 그대로 받아들일 게 아니라, 상대가 왜 이렇게 말했는지 심리를 파고들어야 한다. 무엇보다 상대방이 감추려했던 본심을 파악하는 것이 가장 중요하다. 이렇게 통찰력을 발휘하는 과정에서 긍정적인 부분을 더 많이 보려고 편파적으로 해석해서는 안 된다. 반대로 부정적인 것들을 더 많이 보려고 치우치는 것도 위험하다. 긍정마인드나 부정마인드에서 벗어나야 우리는 보다 객관적이고 올바른 판단을 내릴 수 있다. 어떤 사람과 어떤 상황을 편파적으로 바라보지 않으려면 이처럼 감정에서 벗어나 다각도로 살펴보는 행위가 중요하다.

대부분의 사람들이 긍정 마인드를 가지고 싶어 하는 이유는, 그것이 새로운 활력을 불어넣어주기 때문일 것이다. 사람들은 자신의 행동에 브레이크를 걸고있는 부정적인 생각에서 벗어나고 싶어한다. 그리고 용기와 확신을 얻고싶어한다. 그래서 좀 더 좋게 생각하고, 좀 더 좋은 면을 보고 의욕을 되찾자라는 동기로 긍정 마인드를 추구하는 것이다.

하지만 감정을 마주하고 느껴보고 배출하여 마음을 가볍게 유지하는 이들은 굳이 그럴 필요가 없다. 일부러 긍정적으로 생각하려고 하지 않더라도 부정적인 감정을 비워내고나면, 기분좋은 새 감정의 흐름을 만들어낼 수 있으니까 말이다. 굳이 긍정적인 생각을 하지 않더라도, 감정을 비워냄으로써 자연스럽게 활력과 의욕을 되찾을 수 있다.

긍정 마인드가 위험한 가장 큰 이유는, 부정적인 감정을 거부하거나 억누르려는 나쁜 습관으로 이어질 수 있다는 점이다. 좋은 감정이 우리를 용감하게 만들고 희망을 불어넣어주는 것은 맞다. 하지만 그것보다 중요한 것은 자신의 내면세계에서 일어나는 일을 통찰하고, 외부 정보를 깊이 꿰뚫어보는 현명한 시야를 가지는 것이다. 무조건 좋게 생각하려고 하다가는 감정이 보내는 직감의 신호를 부정해버릴 수 있다. 그리고 이미 생겨난 감정을 방치하고 저장하는 악순환으로 이어지게 된다.

"부정적으로 생각하지 말자. 긍정적으로 생각해야 해. 좋은 생각만 하는 거야!"

이런 결심은 그동안 내가 말했던 모든 주의사항을 위반하는 행위다. 감정을 이해하지 않고 좋은 감정으로 덮고 우기는 행위인데다 자신의 마음을 외면하는 셈이니 말이다. 마음속에 어떤 감정이 꿈틀거리든 그것을 있는 그대로 느끼고, 비우고, 그다음에 천천히 생각해보고 해답을 찾아보는 것이 올바른 순서다. 정답을 미리 정해주고 그 감정을 느껴야 한다고 강요해서는 안 된다.

5살짜리 아이가 엉엉 우는데 거기서 훈계를 하면 아이가 그 말을 받아들일 수 있을까? 당신의 감정은 5살 난 아이가 드러누워 울음을 터뜨리는 것과 같다. 그만큼 격양되어 있고, 그만큼 고집스럽고, 그만큼 충동적이며 이성이 통하지 않는다. 그래서 먼저 달래줘야 하는 것이다. 아이가 충분히 감정을 느끼고 표현할 수 있도록 기다려주는 것이다. 아이의 감정을 공감하고 달래주며 진정될 때까지 기다린다면 점차 감정이 비워지고 차분해지는 것을 느낄 수 있을 것이다. 그 다음에 비로소 당신의 이성에게 발언권이 주어져야 한다. 이게 올바른 순서다. 부정적인 감정을 느끼지도 않고 긍정으로 덮어버리는 것은 당신의 감정에 저항하고 부정하는 태도다.

어떤 사람들은 긍정 마인드가 '감정을 느끼는 방식' 자체를 바꿀 수도 있지 않느냐고 반문할 수 있다. 하지만 나는 그것이 한 사람의 가치관을 바꿀 수는 있지만, 감정 패턴을 바꿀 수는 없다고 대답할 것이다.

긍정 마인드가 아무런 소용이 없는 이유는 감정이 무의식적으로 생성되기 때문이다. 긍정적인 생각은 머리로 하는 것이다. 하지만 긍정적인 감정은 마음으로 느낀다. 이미 마음에서 생겨난 감정을 어떻게 머리로 재가공할 수 있단 말인가? 감정은 한 번 만들어지면 거기서 끝이다. 비워내거나 저장하거나 둘 중 하나만 고를 수 있을 뿐이다. 백 번 양보해서, 긍정적인 생각을 할 때만큼은 긍정적인 감정을 만들어낼 수 있다고 쳐보자. 당신이 아무리 좋은 생각을 의식적으로 한다고 한들 하루 중 극히 일부의 시간만 그러한 노력을 할 수 있을 것이다. 당신에게는 직장을 다니거나 가정을 돌봐야 하는 일과가 있을 테고, 하루 종일 자신의 생각을 감시할 수는 없다. 만약 당신이 10분 동안 긍정적인 생각과 감정을 유지했다면 나머지 23시간 50분의 시간 동안 느껴버린 부정적인 감정은 어찌할 것인가? 우리는 24시간 내내 의식적으로 특정 감정을 의도할 수 없다. 하루 종일 해야 할 일도 내팽개친 채로 감정 제어만 할 수는 없는 노릇이다. 잠자는 시간은 어찌할 것인가? 음식을 먹을 때에는? 다른 행위를 하면서 감정을 제어하는 것은 더욱 어려울 것이다. 여러 가지 이유로 당신은 24시간 동안 감정을 제어할 수 없다. 긍정적인 생각은 잠시, 딱 그때 뿐이다.

만약 당신이 느끼는 감정을 '수정'하고 싶다면 긍정 마인드보다 더 효과적인 방법이 있다. 아예 무의식적으로 만들어내는 '감정 패턴'을 수정해버리는 것이다. 어차피 감정은 무의식적으로 만들어진다. 인간은 대부분 무의식적으로 행동하고 선택을 내리기 때문에 의식적으로 좋은 감정을 느끼려고 하는 노력들은 사실 크게 효과가 없다.

감정은 무의식적으로
생성된다

뜨거운 주전자를 만졌을 때의 반응을 생각해보자. 그때 우리는 주전자가 얼마나 뜨거운지 판단하고 의식적으로 손을 떼지는 않는다. 뜨거운 것에 손이 닿았다면 즉각적으로 손을 떼는 것이 우리의 본능적인 반응이다. 이 행동은 어떤 생각도 판단도 없이 무의식적으로 일어나는 일이다. 이러한 무의식적인 반응이 감정에도 그대로 적용된다. 감정이 생겨나는 과정은 다음 단계를 따른다.

감정 생성의 원리

1 어떠한 현상을 목격한다. 또는 상상한다.

2 현상(대상)에 대한 의미 부여(중요도)를 떠올린다.

3 현상(대상)에 대한 즉각적인 판단(해석)을 내린다.

4 결론 = 감정 발생

각 단계에 대해서 보다 자세히 설명해보겠다.

첫 번째 단계에서, 우리는 어떠한 현상을 목격하거나 상상한다. 목격하는 것은 사람일 수도 어떤 사건일 수도 있다. 이때 실제로 외부에서 목격할 수 없는 것이라 할지라도, 인간은 머릿속에서 상상의 나래를 펼치며 감정을 만들어낼 수 있다. 우리는 살면서 많은 대상과 상황을 마주하기 때문에, 이 첫 단계는 수시로 일어나고 있다. 첫 번째 단계가 시작되면 무의식적으로 곧장 다음 단계로 넘어간다.

두 번째 단계에서, 본인의 '가치관'에 따라 현재 목격하고 있는 것들에 대한 중요도를 파악한다. 즉 눈앞에 나타난 현상이 얼마나 중요한 일인지 본능적으로 판단한다는 뜻이다. '이 대상은 내게 이러한 의미를 가지고 있으므로, 이만큼 중요하다'라고 인지하는 것이다.

세 번째 단계에서, 자신이 목격한 현상의 '중요도'를 기반으로 현재 상황을 해석하게 된다. 부정적인 현상에 중요도가 낮다면 작은 위기, 부정적인 현상에 중요도가 높다면 큰 위기로 인지하는 것이다. 긍정적인 현상을 목격했는데 이 대상의 중요도가 낮다면 작은 행운, 반대로 중요도가 높다면 큰 행운이라고 인지하는 것이다. 그러니까 이 세 번째 단계에서는 현재 상황이 좋은 상황인지 나쁜 상황인지 본능적으로 파악하는 단계라고 볼 수 있다.

네 번째 단계에서는, 결과가 되는 감정이 발생된다. 이때 앞의 세 단계에 의해서 어떤 감정이 만들어질지, 그리고 얼마나 많이 만들어질지가 결정된다.

이 4개의 감정 생성의 단계는 매우 즉각적으로 진행된다. 스스로 알아차리지 못하는 찰나의 순간 무의식적으로 일어나므로 이것을 자각하기는 어렵다. 긍정 마인드로 감정을 바꿔보겠다고 중간에 이 무의식적인 단계에 개입하는 것은 불가능하다. 무언가를 목격하거나 상상하는 그 즉시, 감정이 만들어져버리기 때문이다. 보다 쉽게 이해하기 위해서 하나의 예시를 들어보겠다.

만약 어떤 고등학교 3학년 학생 A가 지망했던 대학에서 떨어지는 상황을 마주했다고 해보자. A에게는 아래와 같은 방식으로 감정 생성의 4단계가 진행될 수 있다.

학생 A의 감정 생성 단계

목격 지원했던 대학에 떨어진 상황을 목격함.

중요도 대학이 매우 중요하며, 본인을 증명할 유일한 수단이라고 인지함. (중요도 매우 높음)

해석 대학 불합격을 매우 충격적인 사건으로 해석함.

감정 절망, 패배감, 수치심, 열등감, 자기혐오, 두려움, 공포.

두 번째 단계에 해당하는 '의미 부여'는 감정 발생에 상당히 중요한 역할을 한다. 만약 이 예시 속 학생이 굉장히 열심히 공부를 했고, 완벽한 성적을 받아야만 스스로를 쓸모 있다고 생각할 정도로 대학에 '의미 부여'를 했다고 해보자. 학생 A에게 불합격이라는 현상은 굉장히 충격적이고 절망적인 상황일 것이다. 첫 번째 단계(현상 목격)와 두 번째 단계(중요도/의미 부여)가 만나서 세 번째 단계인 '해석'이 만들어진다. 인간은 이런 식으로 목격한 것들에 대해 본능적인 의미 부여와 해석을 곁들여 감정을 발생시킨다. 대학에 집착하는 이 학생은 '내 인생은 끝났다.' '부모님을 실망시켜버렸어.' '공부를 잘하는 것으로 쓸모를 증명하던 나는 실패한 거야.'와 같은 해석을 만들었을 것이다. 그 결과로 절망, 패배감, 수치심, 열등감, 자기혐오, 두려움, 공포와 같은 감정을 만들어진다.

자, 여기서 다른 수치를 변형해보면 어떤 변화가 일어날까? 1번(목격)에 해당하는 외부환경은 그대로 유지하면서 2번(중요도/의미 부여) 항목만 바꿔보는 것이다.

학생 B의 감정 생성 단계

목격　지원했던 대학에 떨어진 상황을 목격함.

　　중요도　대학은 자신을 증명시킬 수 있는 하나의
　　　　　　수단이라고 생각. (중요도 낮음)
　　해석　　대학 불합격은 하나의 시행착오일 뿐, 아쉽
　　　　　　지만 다른 방법을 찾아보기로 함.
　　감정　　실망, 아쉬움, 자아성찰, 자아탐구, 열정, 의욕

　학생 B에게는 대학에 대한 의미 부여가 학생 A와는 달랐다. 필수라고 생각하지도 않았으며, 중요도도 훨씬 떨어졌다. 그 결과로 불합격이라는 상황도 다르게 해석되었다. '비록 내가 지망하던 대학에 떨어져서 아쉽긴 하지만, 내 능력을 증명하는 것이 꼭 대학일 필요는 없지. 차라리 내가 더 잘할 수 있는 다른 방법을 찾아야겠어.' 이런 식으로 말이다. 설령 두 학생이 동일한 욕구와 성격을 가졌다고 할지라도, '대상에 대한 의미 부여/중요도'에 따라서 같은 현상을 해석하는 방식이 아예 달라질 것이다. 그 결과로 생성되는 감정의 종류도 전혀 달라지게 된다.

　이 두 학생 모두 '자신의 유능함'을 증명시키고자 했다. 그리고 대학 입시라는 동일한 목표를 수단으로 선택했으며, 지망하던 대학에서 떨어졌다. 동일한 상황임에도 '두

번째 단계 = 의미 부여'가 달랐기 때문에 '세 번째 단계 = 해석'도 달라졌고, 결과적으로 완전히 다른 감정이 생성되었다. 감정은 이런 식으로 기존에 스스로 구축해놓은 가치관에 영향을 받아 즉각 생성된다. 여기서 우리가 통제할 수 있는 것은 무엇일까? 바로 두 번째와 세 번째 단계다. 첫 번째인 외부 현상은 우리가 완벽하게 통제할 수 없다. 무엇을 볼지 무엇을 생각할지 어느 정도는 조절할 수 있겠지만, 세상에 일어나는 모든일을 마음에 쏙 들게 조종할 수는 없기 때문이다. 마음에 들지 않는 상황이 나타난다 할지라도 당신은 스스로의 감정을 컨트롤하는 것을 목표로 해야만 한다. 당신은 신이 아니고 세상은 당신 마음대로 흘러가지 않을 것이다. 당신이 할 수 있는 것은 세상을 해석하는 관점을 바꾸고, 그로 인해서 발생하는 감정의 결과값을 바꾸는 것이다. 자신의 감정을 바꾸기 위해서 세상을 바꾸려 들면 안 된다. 내 감정 하나를 바꾸고 싶다고 외부 현상을 강박증 환자처럼 하나하나 다 뜯어고치는 것은 비효율적이며 불가능한 일이다.

두 번째 단계에 해당하는 '특정 대상에 대한 의미 부여'는 각자 살아오면서 형성한 가치관이 영향을 끼친다.

이 가치관은 당신이 가진 모든 믿음의 총집합이다. 다음에 나올 질문에 대한 본능적인 믿음이 당신의 가치관이라 할 수 있다.

당신에게 가족이란 어떤 의미인가? 얼마나 중요하다고 생각하는가? 당신에게 직업이란 어떤 의미인가? 돈은 어떤 이미지인가? 얼마나 중요하다고 생각하는가? 사랑은? 연애는? 인생이란 무엇이라고 생각하는가? 당신의 삶은 어떻게 흘러가야 한다고 생각하는가? 당신이 가진 것 중 가장 소중한 것은 무엇인가? 그것이 왜 소중하다고 생각하는가? 당신이 생각하는 행복이란 무엇인가? 당신이 생각하는 실패한 인생이란 어떤 모습인가? 당신이 무엇을 옳다고 생각하는가? 그리고 무엇을 틀렸다고 생각하는가? 세상에서 가장 중요한 것은 무엇이라고 생각하는가? 당신은 스스로 어떤 사람이 되어야 한다고 생각하는가?

이 모든 질문에 대한 당신의 답, 그것이 당신의 가치관이다. 가치관은 세상에 당신 나름대로 의미부여를 하는 것이다. 당신은 자신이 믿는 것이 진실이라고 주장하겠지만, 결국 주관적인 관점에서 세상을 해석한 것에 불과하다. 당신뿐 아니라 모든 사람들이 세상만물에 각각의 중요도를 부여하고, 주관적인 의견을 덧붙여 받아들이고 있다.

사물은 항상 그 자리에 있다. 현상도 마찬가지고 사람도 마찬가지다. 당신은 늘 무언가를 목격한다. 하지만 그것들을 있는 그대로 분석하지는 않는다. 각 대상에 어떠한 기대를 가지고 필터링을 해서 본다. 왜곡된 상태로 대상을 해석한다. 그렇게 감정이 만들어진다.

예를 들어, 눈앞에 어떤 남자가 서 있고 당신이 그 사람을 목격한다고 상상해보자. 만약 당신이 그를 자신의 방식대로 해석하지 않고 단순히 '객관적으로 목격'하기만 한다면 이럴 것이다.

'전방 1미터 앞에 파란색 줄무늬 셔츠를 입은 남자가 있어. 머리는 구불구불하고 인상을 찡그리고 있고 손에는 커피를 들고 있군.'

자, 이게 객관적인 목격이다. 하지만 인간은 현상을 목격하는 것에서 끝내지 않는다. 반드시 자신의 입장에서 재해석을 한다. 만약 이 남자가 당신의 직장 상사라면 당신은 이런 식으로 해석하게 될 것이다. '아, 팀장님 기분이 안 좋아 보이는데, 방금 제출한 보고서에 문제가 있나? 또 혼나게 생겼네.' 당신이 직장 내에서 상사의 신임을 얻는 것을 얼마나 중요하게 생각하는지(의미 부여) 정도에 따라서 상황이 심각해질 수도 있고 가볍게 넘어갈 수도 있다. 감정이 더 많이 만들어질 수도, 적게 만들어질 수도 있다는 뜻이다. 그에 대한 당신의 의미 부여가 '유능하지도 않으면서 수시로 트집만 잡는 존경스럽지 않은 상사'라면 어떨까? 그가 찌푸린 얼굴로 당신 앞에 서 있다는 것에 크게 충격받지 않을 것이다. 그냥 이 상황 자체에 약간 짜증 나고 피곤하다고 느낄 것이다. 만약 그에 대한 당신의 의미 부여가 '이 상사는 정말 유능해서 내가 얼마나 쓸모 있는 사람인지 판단해줄 수 있는 사람'이라면 당신은 그가 당신을 보며 찡그리고 있는 상황이 굉장히 불안하고 두려울 것이다.

이처럼 인간은 하나의 인물, 대상, 현상을 각자 의미 부여에 따라 해석하고 있다. 당신이 타인을 두고 좋은 사람 또는 나쁜 사람이라고 판단하는 것도 일종의 필터링이다. 그 사람은 나쁘지도 않고 착하지도 않다. 단지 사회적 분위기가 '사람은 착해야 한다'는 가치관을 내세우고 '착한 사람'과 '나쁜 사람'으로 분류하려 들 뿐이다. 사실 하나의 행동만 가지고 그 존재를 판단하는 것은 불가하다. 누군가에게는 좋은 행동을 하는 사람이, 다른 이에게는 나쁜 행동을 한다면, 그는 좋은 사람인가? 아니면 나쁜 사람인가? 결국 당신은 자신에게 이로운 사람을 좋은 사람이라고 평가할 것이고, 자신에게 해로운 사람을 나쁜 사람이라고 평가할 것이다. 무언가를 좋고 나쁨 또는 옳고 그름으로 판단하는 것 자체가 의미 부여이자 주관적인 해석인 셈이다.

원하는 감정을 의도적으로 만들어내고 싶다면, 평소에 건강한 가치관을 가지고 있어야 한다. 어떤 부정적인 현상을 목격하더라두 이왕이면 이롭게 해석하고 받아들일 수 있도록 말이다. 우리가 통제할 수 없는 외부 현상이 우리에게 불쾌감을 유발할지라도, 우리가 그것을 기쁨과 즐거움 또는 열정 같은 긍정적인 감정으로 해석하려면 의식의 뿌리부터 점검해야 된다. 시야를 넓히고 다양한 관점을 가지는 것이 가장 좋다.

불건강한 의미 부여와 불건강한 가치 판단이 불건강한 감정을 만들어낸다. 만약 이러한 원리로 마음에 들지 않는 감정이 이미 생겨나버렸다면, '생각'을 고치는 건 아무런 도움이 되지 않는다. 생각을 고치는 것은 다음 감정 발생을 예방할 뿐, 이미 생성되어버린 감정을 뒤늦게 수정할 수는 없다. 한 번 만들어진 감정을 바꾸려거든 비워내는 것만이 답이다.

이미 감정이 생성되고 있는 상황에서 긍정 마인드는 아무런 소용이 없다는 사실을 이제는 알겠는가? 긍정 마인드는 소 잃고 외양간 고치는 것과 같다. 오히려 당신 안에 있는 부정적인 감정을 외면하고 억누름으로써 더 불편한 상황을 만들게 될 뿐이다. 부정당한 감정은 저장되고 곱씹음으로써 더 비대해지기 때문이다.

특정한 상황에서 자동반사적으로 감정을 느껴버리는 것은 일종의 '감정 패턴'이다. 감정 패턴이 작동하는 동안에는 어떤 생각도 개입할 수 없다. 순식간에 일어나는 일이고, 자동반사적으로 나오며, 오랫동안 반복되어 굳어진 하나의 습관과도 같은 것이기 때문이다. 감정을 비워내고 마음을 차분하게 만드는 것은, 전부 이 감정 패턴에 접근하기 위한 사전 준비다. 감정적인 상태에서는 이 패턴을 교정하기가 무척 어려우므로, 감정 패턴을 분석하기 위해 마음을 일시적으로나마 차분하게 만들 필요가 있다. 마음이 혼란하면 머리도 같이 혼란해진다. 마음이 고요하면 당신의 머리는 이성을 발휘하여 명료하게 사물을 판단하고 해석할 수 있다. 감정 패턴을 교정하려면 감정적인 상태에서 스스로 빠져나오는 연습이 필수다.

감정을 교정하면
운명이 바뀐다

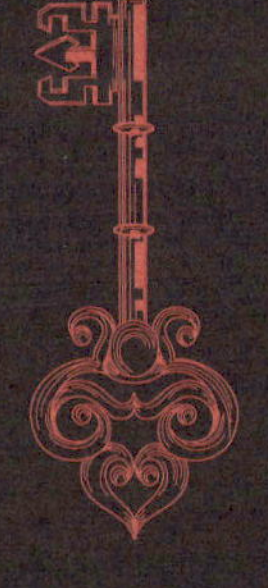

운명이
어떻게 만들어지는지
그 비밀을 알게된다면

운명을
바꾸는 것도
가능하지 않을까?

타고난 운명 따위
뭐가 중요한가?
선부 바꿔비릴 수 있는데.

감정 패턴이
운명을 결정한다

환경이 당신의 운명을 결정한다고 생각하는가? 아니다. 당신이 세상을 어떤 식으로 해석하느냐가 더 중요하다. 감정 패턴이 당신의 운명을 결정한다.

외부 세상은 당신의 관점에 의해 필터링되어 입력된다. 당신의 가치관에 따라 '목격'된 정보들이 해석되는 것이다. 이것은 인풋 input이다. 그 결과로 자연스럽게 감정이 발생된다. 감정은 생성되어 마음에 쌓이거나 외부로 배출된다. 이것이 아웃풋 output이다. 이런 식으로 당신은 세상으로부터 신호를 해석하고 출력하기를 반복하고 있다.

당신이라는 한 명의 인간에 비해서 세상은 무척 거대
하다. 당신에게는 세상을 주무를 권한도, 세상의 이치에
저항할 힘도 없다. 따라서 인풋(입력값)의 한계는 언제나
정해져 있다. 당신은 모든 순간 원하는 현상만을 목격할
수 없다. 당신이 무엇을 보고 듣고 체험할지 100% 마음
대로 결정할 수 없다. 그렇다면 당신이 완벽하게 통제할
수 있는 값은 아웃풋(출력값)밖에 없다. 즉, 당신의 내면에
서 발생하는 감정을 변화시키는 것. 오직 그 방법을 통해
서만 마음을 통제할 수 있는 것이다.

우리는 세상을 바라본다. 어떤 환경을 목격한다. 그것
을 각자의 방식으로 해석한다. 기존의 가치관에 따라서
이것이 좋은 상황인지, 나쁜 상황인지 선택하여 받아들
인다. 동일한 환경에 놓여 있다고 할지라도, 각자 이것을
해석하는 방식이 다르다. 그리고 해석에 따라서 발생하
는 감정의 종류가 달라진다. 이러한 행위는 살아가는 내
내 반복된다.

만약 당신이 살면서 자신의 가치관을 변화시켜왔다면,
당신의 감정 패턴도 변화해왔을 것이다. 하지만 당신의

가치관이 크게 바뀌지 않았다면, 즉, 옳고 그르다고 생각했던 것들이 여전히 고정되어 있다면 당신의 감정 패턴도 그대로일 것이다. 참고로 여기서 말하는 가치관은 '어떤 생각'보다는 당신이 본능적으로 믿고 있는 것에 가깝다. 당신이 생각하는 것과 믿고 있는 것에는 차이가 있으므로, 헷갈리면 안 된다. 본능적으로 믿고 따르는 것들이 당신의 진짜 가치관이다. 감정은 무의식적으로 생성되는 것이기 때문에, 당신이 의식적으로 생각하는 것들은 감정 생성에 그다지 영향을 끼치지 못한다. 당신이 스스로를 미워하면서 '나는 나를 사랑해.'라고 우겨봤자 감정을 만드는 데 아무런 긍정적인 영향도 끼칠 수 없는 것이다. 당신이 자신을 사랑하고 있다고 우기더라도, 실제로 스스로를 사랑한다는 믿음이 없다면 이것은 당신의 가치관이 될 수 없다. 감정 생성에 이 생각은 어떤 영향도 끼치지 못한다.

결론적으로 가치관을 이루는 것은 다음과 같다. 한 사람이 자신을 어떻게 느끼고 받아들이는지, 무엇을 좋아하는지, 무엇을 싫어하는지, 무엇을 혐오하는지. 무엇이 본능적으로 옳고 그르다고 생각하는지. 세상 모든 사물과 대상에 대한 본인만의 의미 부여가 곧 가치관이다. 자, 당신의 가치관이 무엇인지 생각해보자. 인생에서 가장 가치 있다고 생각하는 것들은 무엇인가? 반대로 가치 없다고 생각하는 것은 무엇인가? 스스로 뭘 하기 위해서 살아가고 있다고 생각하는가? 행복과 사랑에 대한 정의는 어떠한가? 성공과 실패에 대한 당신만의 정의는 무엇인가? 선과 악에 대한 기준은 무엇이라 생각하는가? 본인이 생각하는 세상의 이상적인 모습과 부조리를 떠올려보자. 이러한 모든 '믿음'이 인간의 무의식에 자리 잡고 있다. 이것은 믿음이고, 곧 가치관이 된다.

생각을 바꾸는 것은 굉장히 어려운 일이다. 생각을 바꾸려면 믿음을 먼저 바꿔야 하기 때문이다. 새로운 믿음을 심는 것보다 더 어려운 것은, 기존의 믿음을 수정하는 것이다. 인간의 무의식에 어떤 믿음이 생겼다는 것은, 그것의 근거가 되는 경험이 강렬한 인상을 남겼다는 뜻이다. 과거의 어떤 경험을 통해서 생겨난 믿음을 수정하려면 그보다 더 강렬한 '충격'을 경험하거나 '깨달음'을 얻어야지만 가능하다. 믿음의 교체가 일어나려면 '과거의 믿음이 완벽하게 틀렸으며 해롭다'라는 것을 깨달아야 한다. 인간은 때로 진실임에도 자신에게 이롭지 않으면 부정하려 들기 때문이다.

인간은 각자의 믿음에 따라 각 사물과 인물 및 현상에 의미 부여를 한다. 나름의 좋고 나쁨을 주관적으로 판단하여 감정을 만들어낸다. 자신에게 유리한 상황에서는 긍정적인 감정을 생성하고, 자신에게 불리한 상황에서는 부정적인 감정을 생성한다. 하지만 여기서 신기한 점은, 기쁜 상황에서 꼭 좋은 감정만 만들어지는 것은 아니라는 점이다.

예를 들면, 좋아하는 사람과 드디어 연인 관계가 되었는데 불안에 빠지는 경우가 있다. '상대의 마음이 변하면 어떡하지? 이 관계가 깨지게 되면 어떡하지? 상대는 나를 영원히 사랑할까?' 이런 걱정을 하게되는 것이다. 원하던 것을 손에 거머쥐고 나서도 불안에 떠는 이유는 그것을 더 이상 누릴 수 없을지도 모른다는 상상 때문이다. 마찬가지로, 사회적으로 성공하여 명예를 누리는 사람들도 비슷한 불안을 느낀다. 언제 이 명성이 깨어질지 모르고, 대중의 관심과 사랑을 잃게 될지도 모른다는 불안 말이다. 돈도 마찬가지다. 큰돈을 가지게 되었을 때, 이 돈을 제대로 관리하지 못해서 전부 잃게 될까 봐 두려워하거나, 앞으로는 지금처럼 큰돈을 벌지 못할까 봐 두려워할 수도 있다. 언젠가는 이 돈이 다 떨어지게 되는 날이 올 거라고 상상하면서 말이다. 아름다운 외모를 가져도 마찬가지다. 아름다움이란 결국 주관적인 기준이기 때문에 또 다른 결점을 찾아내어 '나는 충분히 아름답지 않아. 또다시 내 외모의 결점을 찾아냈거든.' 이렇게 생각할 수 있다. 또는 '나이가 들면 지금의 아름다운 외모를 잃게 되면 어떡하지?'라는 불안에 시달릴 수도 있다.

인간은 이처럼 무언가를 가졌음에도, 원하는 것을 이뤘음에두 다양한 이유루 부정적인 감정을 만듬어낸다. 그들은 마치 불행해질 이유를 하나라도 더 찾으려 애쓰는 것처럼 보인다. 늘 슬퍼할 준비를 하고 있는 사람처럼 보이기도 한다. 늘 억울하고 불안할 이유를 하나라도 찾아내려고 노력하는 사람처럼 보일때도 있다. 결국에 당신을 비롯한 인류가 '불쾌한 감정'을 느끼는 이유는 환경과 상관없다. 아무리 좋은 상황이라고 할지라도 금세 부정적인 감정을 느껴버리고 말 것이다. 또다시 부족한 것들을 찾아내거나, 지금 누리는 것들이 영원하지 않을까 봐 두려워할 테니까. 이것은 하나의 습관과 같다. 감정적인 습관 말이다. 무엇을 봐도 불안해하는 습관. 무엇을 목격해도 슬퍼하는 습관. 어떤 행운을 만나도 의심하는 습관. 누구를 만나도 수치심을 느끼는 습관. 아무리 성장해도 스스로를 못마땅해하는 습관. 이 모든 건 감정 습관이자, 감정 패턴이다.

사람은 다양한 감정패턴을 가지고 있고, 각자가 즐겨 쓰는 감정 패턴도 다르다. 누군가는 자주 짜증을 내거나 화를 낸다. 외부의 모든 현상과 인물을 '날 짜증 나고 화나게 하는 것들'이라고 해석하기 때문이다. 누군가는 자주 외롭고 슬퍼한다. 외부의 모든 현상과 인물을 '날 외롭게 만들고 슬프게 하는 것들'이라고 해석하기 때문이다. 누군가는 세상이 자신을 초라하게 만든다고 느끼며, 열등감에 허우적거린다. 이런 감정을 느끼는 이유는 '나는 초라하고 열등하다'라고 믿고 있기 때문이다. 어떤 이들은 자신의 부족함을 목격하면 스스로를 비난하고 혐오하기도 한다. 이는 '부족하고 쓸모없는 사람은 살아갈 가치가 없다.'라는 불건강한 믿음을 가지고 있기 때문이다. 어떤 믿음은 스스로 자각하지도 못한 새에, 유년 시절부터 깊게 뿌리내린 채로 한 사람의 무의식을 지배한다. 그리고 그 인물이 어떤 감정을 느끼며 살아갈지 미리 결정해버린다.

아름다운 풍경을 보며 행복감을 느끼는 건 쉽다. 반대로 추악하거나 부조리한 풍경을 보면서 불쾌감을 느끼는 것도 쉽다. 그래서 인간은 더 쉬운 길을 선택해왔다. 좋은 것을 보고 좋은 감정을 느끼기 쉬우니, 스스로에게 좋은 환경을 제공하면 불쾌감에서 벗어날 수 있을거라 생각한 것이다. 그게 행복해지는 길이라고 믿은 것이다. 그래서 더 많은 부와 명예에, 능력과 사랑을 거머쥐려 애써왔을 것이다. 하지만 이렇게 노력해서 바꾼 외부 환경은 감정 변화에 큰 영향을 주지는 못했을 것이다.

당신의 감정 패턴은 습관이다. 외부 환경이 당신에게 좀 더 '편하게' 바뀐다고 해서 원하는 감정을 '늘' 만들어낼 수는 없다. 자주 슬픈 사람은 자신이 슬퍼해야 할 이유를 무의식적으로 찾는다. 자주 화내는 사람도 자신이 화낼 만한 이유를 무의식적으로 찾는다. 자주 억울한 사람도 자신이 억울할 만한 상황을 무의식적으로 찾는다. 감정 에너지는 증폭되어 특정한 상황을 끌어당기고, 그럼으로써 외부로 배출되려고 한다. 당신의 심장을 통해, '감정을 느껴봄으로써' 배출되려고 하는 것이다.

인간의 감정 습관은 하나의 패턴이 되어 계속해서 반복되고 있다. 어디에서 누구를 만나 무엇을 경험하든, 결국 당신이 느낄 감정은 정해져 있다. 이런 악순환이 반복되다 보면 감정 패턴은 더 강력해진다. 슬픔이 반복되며 더 큰 슬픔으로, 불행이 반복되며 더 큰 불행으로. 마침내 그런 식으로 한 사람의 운명이 완성되는 것이다. 세상의 다양한 가능성 속에서 하필이면 '슬퍼할' 만한 것들에 집중하면서 슬픔의 굴레에 빠져버리게 되는 것이다. 사실 이것이야말로 가장 슬픈일이다.

당신의 감정 습관은 어떠한가? 당신은 어떤 감정을 자주 느끼는가? 유년 시절부터 당신의 마음을 가득 채웠던 감정은 무엇이었는가? 그 감정이 앞으로도 반복된다면, 당신은 어떤 미래를 살아가게 될까? 그것이 당신이 만들어갈 운명이라면, 받아들일 수 있겠는가? 이 지독한 악순환에서 빠져나와 스스로의 운명을 바꾸고 싶지 않은가? 이제는 그 지독한 고리를 끊어야 할 때다. 당신이 느끼게 될 감정을 바꿈으로써, 당신의 감정패턴을 새롭게 교정함으로써 말이다.

감정 패턴을
교정하는 방법

사람들은 말한다. 상황이 힘들어서 기분 나쁜 감정을 느낄 수밖에 없었다고. '내가 불쾌감을 느끼는 건 어쩔 수 없는 일이다.'라고 말이다. 모두가 주어진 환경 속에서 피해자를 자처한다. 결핍으로 가득 찬 유년 시절, 사건 사고가 가득한 일상, 가난하고, 여유롭지 않으며, 압박감을 느끼는 상황 속에서 어떻게 즐거울 수 있냐고 항의한다. 불편한 환경에서 기분 좋은 감정을 느끼는 게 굉장히 어렵다는 것에 나도 동의한다. 하지만 세상이 언제는 우리에게 친절했는가? 언제는 쉽게 원하는 것을 내어주었나? 우리의 욕망은 끝도 없이 뭔가를 바라는 반면, 실제

로 우리가 욕망한 만큼 가지는 것은 굉장히 어려운 일이
다.

> 세상이 당신에게 똥을 준다 할지라도 당신은 언제
> 나 스스로 '좋은' 에너지를 만들어낼 준비가 되어
> 있어야 한다. 그것이야말로 당신이 감정 조절을 통
> 해서 얻을 수 있는 최고의 성과다.

자, 지금부터 다르게 생각해보자. 관점을 아예 바꿔보
는 것이다. 세상은 당신에게 친절하지 않다. 세상은 당신
에게 뭐든 쉽게 내어준 적이 없다. 가끔은 친절했을 수도
있고, 가끔은 행운이 따랐던 적도 있겠지만, 모든 순간
당신의 뜻대로 흘러가지는 않았을 것이다. 그러니까 우
리는 인정해야 한다. 세상은 내 마음대로 되지 않는다는
것을, 그게 '당연'하다는 것을. 기대했기 때문에 실망하
는 것이다. 기대 또한 일종의 믿음이다. 기대가 있으니 실
망이라는 감정이 생겨나는 것이다. 애초에 기대를 하지
않으면 실망도 생기지 않는다.

세상이 아름답고, 이상적이고, 올바로 흘러가야 한다

고 믿는가? 그것이 이상적이라고 생각하는가? 그것은 당신의 바람이다. 당신의 욕망이다. 당신이 그런 세상을 원하고 있을 뿐이다. 친절하고 아름다운 세상이 존재한다면 당신은 더 쉽게 행복해질 수 있을 테고 '이득'을 볼 테니까 말이다. 자, 세상을 보고 싶은 대로 생각하지 말고 있는 그대로 목격해보자. '주관적인 해석'이 아니라 있는 그대로의 세상을 마주해야 불필요한 감정에서 벗어날 수 있다.

세상은 올바로 흘러가지 않는다. 세상은 아름답지 않다. 세상은 이상적이지도 않다. 세상에는 많은 부조리가 있다. 세상에는 이상한 사람들, 나쁜 행동을 하는 사람들이 많다. 그리고 그들은 벌을 받지 않는다. 신은 없다. 신이 있다고 믿고 싶은 사람들이 있을 뿐이다. 누구도 당신을 굽어살피지 않고 구원해줄 수 없다. 당신이 간절히 원한다고 해서 무언가가 당연하게 이루어지지는 않는다. 세상은 당신의 입맛대로 굴러가지 않는다. '세상은 이런 식으로 돌아가야 해.'라고 우겨봤자, 그것은 누군가의 믿음일 뿐이다. 한 개인의 이기적인 욕망에서 비롯된 믿음

말이다. 옳고 그름을 논하는 인간의 무의식은 결국 욕망으로 가득 차 있다.

　인간은 세상이 자신을 보살펴주기를 바란다. 자신보다 더 거대한 무언가가 연약한 이들을 보호해주고 더 친절하게 굴기를 바란다. 자신이 필요로하는 것들을 세상이 제공해주기를 바란다. 스스로의 욕망에 책임지지 못하는 이들은 외부에 의존하기 마련이다. 원하는 것이 있으나 그것을 가지는 방법을 모르기 때문에, 세상에 자비를 구하거나 강자가 자신들을 도와주기 바라는 것이다. 그리고 그것이 '옳다'라고 생각한다. 약자에 해당하는 이들은 강자가 약자를 돕는 게 당연하다고 생각한다. 왜냐하면 그 신념에 따라 약자인 자신이 '이득'을 볼 수 있기 때문이다. 강자의 입장에 있는 이들 중 일부는 스스로 옳다는 것을 확인받고 싶어한다. 그에 따라 사회적인 분위기가 요구하는 선한 존재처럼 행동하기도 한다. 이처럼 인간의 욕망은 때때로 맞물려 공생하기도 한다. 결국 인류가 논하는 옳고 그름은 결국 각자의 욕망이 만들어낸 변명에 불과하다. 자신이 욕망하는 것들을 그럴싸하게 포장하는 행위인 셈이다. 무엇이 옳고 그른지를 논하는 것처럼 보이지만, 실상은 서로의 욕망을 내세우며 사회적 규칙을 합의하고 있을 뿐이다.

아무튼, 세상은 당신의 기대처럼 아름답지도 완벽하지도 않다. 모든 걸 부정적으로 해석하라는 뜻은 아니다. 세상은 다양한 생명체와 다양한 현상으로 가득하다. 그 풍경이 너무 다채로운 나머지 좋고 나쁨이라는 '하나의 기준'으로 정의 내릴 수 없다. 세상에는 아름다운 풍경과 추악한 풍경이 공존한다. 당신의 상상을 뛰어넘는 모든 일이 일어나는 곳이 바로 이 지구다. 그렇기 때문에 세상의 양면성과 다채로움을 받아들여야 한다. 그럼으로써 당신은 자신만의 비좁은 관점에서 벗어날 수 있게 될 것이다.

'이것은 이래야만 해.'라는 고집에서 벗어나게 되면 새로운 세계를 마주할 수 있다. 지금까지 당신이 받아들였던 옳고 그름에 대한 믿음을 내려놓자. 대단한 선생님의 어록, 어떤 철학책의 문구, 사회적인 도덕관은 다 잊어버리기를 바란다. 그런 도덕적인 관점은 감정컨트롤에 방해가 될 뿐이다. 당신은 스스로의 믿음을 조율할 수 있어야한다. 가치관을 중립적으로 세움으로써 그것이 가능해진다. 우리는 앞으로 세상을 '있는 그대로 목격'하게 될 것이다. 그리고 진실을 우리에게 유리한 방식으로 해석할 수 있다. 그렇게 원하는 감정을 만들어내는 것이 가능하다.

감정 패턴을 바꾸는 것은, 출력값을 바꾼다는 뜻이다. 여기서 출력값은 감정을 뜻한다. 출력값인 감정을 바꾸려면 '믿음'을 수정해야 한다. 그래야 판단을 그만두거나 판단을 바꿀 수 있다. 앞서 말했던 '세상은 완벽하지 않다'라는 믿음은 당신에게 여러모로 유리한 관점이 될 것이다. 아마도 당신은 여태 세상이 완벽하지 않아서 슬펐을 것이다. 화도 났을 것이다. 원망도 했을 것이고, 수치심과 열등감을 느꼈을지도 모른다. 깊은 외로움에 빠졌을 수도 있다.

'세상은 이래야 해, 나는 이래야 해, 인생은 이래야 해, 떳떳하게 살려면 이래야 해, 이것이 옳은 것이고 당연한 거니까.'

이런 생각 자체를 바꿔라. 버려라. 처음부터 백지로 돌아가 다시 시작해보자. 사고를 뿌리부터 바꿔보는 것이다. 의심하라. 당신의 믿음을 의심하라. 당연하게 생각했던 모든 믿음과 가치관을, 옳고 그름을 전부 무시하라.

당신이 멋대로 기대하고 실망했던 것은 무엇인가? 그리고 당신이 계속해서 우기고 있던 신념은 무엇인가? 있어 보이고 대단해보이고 지혜로워 보이는 모든 생각에 속지 말자.

세상은 아무렇게나 존재한다. 세상은 '이것이 옳기 때문에 나는 이렇게 흘러가겠다.'라고 결정하지 않는다. 세상은 인격이 있는 것도 스스로 의지가 있는 것도 아니다. 세상은, 온갖 생명체로 이루어진 집합체일 뿐이다. 다양한 사람들의 행동이 모여서, 그냥, 아무렇게나, 되는대로 흘러가는 세상 속에서 무엇이 옳다고 우겨봤자 무슨 소용인가? 세상과 싸우지 말자. 세상이 나에게 사랑을 주어야 했다고, 내 꿈을 응원해줘야 했다고, 나에게 풍족한 삶을 선물해줘야 했다고, 따지지도 우기지도 말자.

애초에 세상은 당신에게 아무것도 약속한 적이 없다.

당신이 읽었던 책이나 영화에서 '세상은 언젠가 당신에게 이런 아름다운 순간을 선물해줄지도 모른다'라는 기대를 심어줬을지도 모르지만. 그 이야기도 결국 인간이 만들어낸 환상이다. 세상에게 만약 의식이 있다면 굉장히 억울했을 것이다. 인간들은 멋대로 기대하고 멋대로 실망하고 멋대로 화낸다고 말이다. 세상은 처음부터 아무것도 약속한 적 없는데 말이다. 우리는 그저 세상의 다양한 측면을 스스로 탐색하고 발견할 수 있을 뿐이다. 그것이 긍정적인 측면이든, 부정적인 측면이든 말이다.

인간이 당연히 행복해야 한다고 생각하는가? 당연히 사랑받고 사랑해야 한다고 생각하는가? 어디서 그런 이야기를 들었는가? 인간이 쓴 동화 속에서? 인간들의 토론 속에서? 그곳에는 답이 없다.

세상을 뜯어고치려고 하지 말고 자신을 교정함으로써 원하는 감정을 만들어 보자. 어떤 식으로 생각하고, 어떤 식으로 감정을 느낄지 믿음을 교정하면 된다. 당신이 당연하게 믿고 있었던 관념들을 교정하는 순간, 지금까지 봐왔던 세상은 완전히 다르게 보이게 될 것이다. 당신은 여태 당신만의 고집스러운 생각에 갇혀 있었다. 이제, 당신을 불행하게 만든 그 생각으로부터 자유로워질 때다.

반복되는 불행에서
탈출하는 법

당신의 인생에 특정한 사건이 반복되고 있지는 않은가? 인간관계, 연애, 가족, 직장 생활, 꿈, 금전 문제 등 비슷한 문제가 반복되고 있다면 당신의 감정 패턴이 원인이다. 특히나 인간관계 갈등은 비슷한 형태로 반복되곤 한다.

예를 들면, 당신이 만났던 과거의 연인과 겪었던 문제를 새로운 연인과 '비슷하게' 경험하는 경우가 있다. 완전히 다른 인물임에도 불구하고, 절묘하게 과거의 상황을 재현하거나 문제가 더 심각해지는 경우도 있다. 인물이나 환경이 바뀌었다고 할지라도 당신의 감정 패턴에 변화가 없기 때문에 이런 현상이 반복되고 있는 것이다. 과거와 같은 이유로 상처 입고 싶지 않다면, 이 문제에서 완전히 자유로워지고 싶다면, 감정패턴을 교정해야 한다. 즉, 당신이 같은 문제상황에서 느끼는 감정을 전과 다르게 바꿔야 한다는 것이다.

'그 사람 때문에, 그 환경 때문에, 하필이면 그때 그 일이 일어나서, 돈이 없으니까 어쩔 수 없이-' 라는 변명은 통하지 않는다. 정확하게 말하면 그것들은 당신이 '그 감정을 반복해서 느낄 이유'가 될 수 없다. 감정 패턴이 끌어당겨 생성된 절묘한 상황은 특정 감정을 자극할 것이다. 당신이 분노하고 있었다면 분노할 만한 상황을, 배신감을 느꼈다면 더더욱 배신감을 느낄 만한 상황을 끌고 들어올 것이다. 그런 상황이 오면 이 진실을 깨닫기를 바란다.

'나는 언젠가 이 날이 오기를 직감하고 있었어. 그래서 미리 두려워하거나 분노하거나 슬퍼하고 절망하고 있었고, 예측했던 일이 그대로 일어난 것 뿐이다. 내 안에 어떤 감정이 이 상황을 끌고 온 거야.'

당신이 태어날때부터 불행한 운명을 타고났다는 뜻은 절대 아니므로, 혼동하지 말기를 바란다. 운명처럼 보이는 이것은, 반복해서 만들어낸 감정이 하나의 감정패턴이 일으킨 일일 뿐이다. 감정패턴에 의해 증폭된 다량의 감정 에너지가 외부에서 어떤 사건 사고를 끌어당겼고, 당신은 불쾌한 상황속에서 마음에 저장되어 있던 불쾌감을 기다렸다는 듯 배출했을 뿐이다. 이 모든 행위가 반복되면서 감정패턴은 더더욱 강력해졌을 것이다. 당신은 더 많이 미워하고, 더 많이 원망하고, 더 많이 슬퍼하고, 더 많이 외로워하며 자신의 운명을 저주하거나 세상을 원망했을지도 모른다. 다른 사람들에게는 일어나지 않는 일이 왜 자신에게만 '지독하게 반복되고 있느냐'고 따지고 싶었는지도 모른다. 정확하게 말하면 세상이 당신에게 저주를 내린 것이 아니다. 당신이 스스로를 특정한 감정 상태에 가두었넌 것이다. 감정의 악순환, 그 부정적인 감정 패턴을 끊어내야 한다. 무력화시켜야 한다. 불쾌한 상황을 마주하더라도 전과 다르게 느낌으로써 새로운 감정 패턴으로 교체해야 한다.

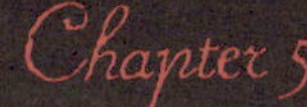

감정의 미로에서 탈출하라

노력한다고 해서
인생이 반드시 잘 풀리는 것은
아니다.

노력에는
쓸모없는 노력과
효과적인 노력이
존재한다.

세상에 일어나는
모든 일에는
반드시 원인이 있다.

그 원인을
올바로 파악해야
불필요한 노력으로
세월을 낭비하지 않게된다.

사랑받고 싶은
마음의 실체

연인을 만들고, 가정을 꾸리고, 커리어를 쌓는 그 모든 노력들은 결국 사랑받고 싶은 마음에서 시작되는 경우가 많다. 세상으로부터 인정과 사랑을 받고 싶고, 누군가에게 인정과 사랑을 받고 싶은 마음. 그 마음은 아주 어릴 때부터 시작되어 왔고, 성인이 된 지금까지도 당신의 마음을 차지하고 있을 것이다. 유능하고 쓸모 있는 사람이 되려고 애쓰는 것도 사실 사랑받고 싶은 마음에서 비롯된 욕구다. 스스로에게 인정받기 위해 내건 조건을 달성하고자 모두가 애쓰며 살고 있다. 그러다 보면 타인과 관계를 맺을 때에도 이 결핍에 집착하게 된다. 내가 원하는

무언가를 상대방이 충족시켜주는지에 집중하게 되는 것
이다.

인간은 관계에서도 옳고 그름을 논한다. 연인이라면 이
렇게 해야 해, 가족이라면 이렇게 해야 해, 스승과 제자
는 이러저러해야 해, 그것이 이상적이야! 여태껏 이렇게
외치고 있지 않았나? 이상적인 모습을 고집하면 필연적
으로 실망하게 된다. 그리고 그 결과로 당신이 원하지도
않는 부정적인 감정을 만들어내게 될 것이다. 기대하지
말자. 원한다면 스스로 쟁취해야 한다. 만약 당신이 어떤
관계에서 사랑을 원한다면, 사랑이 자동으로 주어지기
를 바라는 것이 아니라 그것이 어떻게 만들어지는지 방
법을 찾아서 실행해야 한다.

연인이 나에게 충분한 사랑을 주지 않았다고 따지는
것은 소용없다. 당신은 '연인이라면 진실한 사랑을 주어
야 해. 그럴 의무가 있어.'라는 믿음을 가지고 있을 수도
있겠지만. 솔직히 말하면, 연인이라고 해서 서로를 진실
로 엄청나게 사랑해야 한다는 법은 없다. 별로 사랑하지

않았는데 서로 사귀는 사이가 될 수도 있고, 오랫동안 함께하는 과정에서 사랑이 식을 수도 있다. 사랑은 우긴다고 생기는 것도 아니고, 내놓으라고 닦달해서 얻어낼 수 있는 것도 아니다. 상대가 당신을 덜 사랑해서 마음에 들지 않는다면, 상대가 당신에게 사랑에 빠지게 만들면 된다. 상대가 사랑에 빠지지도 않았는데 내놓으라고 하면 곤란하다. 상대의 사랑을 원하는 것은 당신이기 때문에, 당신이 스스로의 욕망에 책임져야 한다. 상대는 당신의 욕망에 따라 행동할 의무가 없다. 만약 상대가 당신을 사랑함에도 불구하고 별로 표현하지 않아서 못마땅하다면 이 사실을 기억해야 한다. 상대는 자신의 방식대로 표현하고 말할 자유가 있다는 것을. 당신은 상대의 행동을 강요할 수 있는 권한이 없다. 그것이 상대의 방식이라면 인정해야 한다. 연인이라면 응당 그래야 한다는 주장은, 사랑 표현을 더 많이 받고 싶다는 당신의 욕망에서 비롯된 그럴싸한 명분일 뿐이다. 세상에는 다양한 사랑이 있다. 뜨거운 사랑이 있다면 밋밋한 사랑도 있다. 뜨거운 사랑을 하고 싶다면 당신이 뜨거운 사람인지, 상대에게 뜨거움을 유발할 수 있는 사람인지를 먼저 생각해 볼 필요가 있다.

　만약 당신이 연인이 아닌 가족이나 친구들 또는 불특정 다수에게 사랑받고 싶다면 생각해보자. 누군가 당신에게 사랑을 줄 만큼 당신이 사랑스러운 존재인지 말이다. 무언가를 보고 '귀엽다'라고 느끼는 것은 본능이다. 마찬가지로 무언가를 보고 '사랑스럽다'라고 느끼는 것도 본능이다. 사랑은 약속해서 주고받을 수 있는 게 아니다. 협박하거나 희생하거나 애걸복걸해서 얻어낼 수 있는 것도 아니다. 당신이 사랑스럽게 군다면, 사랑스러운 사람이라면, 사랑스러운 '에너지'를 뿜어낸다면 사람들은 당신을 사랑스럽게 볼 것이다. 왜냐하면 에너지를 느끼는 것은 본능이기 때문이다. 본능이 이성보다 빠르다. 그리고 대부분의 인간은 본능적으로 감정을 느껴버린다. 감정을 이성으로 계산하지 말자. 감정은 마음에서 만들어지는 에너지다. 머리가 아닌 심장에서 반응하는 것이다. 누군가 당신에게 어떤 감정을 표현해 주기를 바란다면, 상대에게 어떤 감정을 느껴야 한다고 항의하는 것은 소용없다. 당신이 원하는 감정을 상대가 느낄 수 있도록 유도해야 한다.

그동안 타인에게 '당신이 원하는 감정'을 얻어내기 위해서 선택한 전략은 무엇이었는가? 서운함을 토로하거나 눈물을 흘려서 상대의 죄책감을 자극했는가? 아니면 지적하고 분노하며 상대의 양심과 수치심을 건드렸는가? 그 전략이 효과적이었는가? 누군가에게 무한정 희생하면 그 사람이 당신의 노고를 알아줄 거라고 생각했는가? 그렇다면 당신은 여전히 타인의 감정을 '이성'과 '논리'로 유도할 수 있다고 착각하고 있는 것이다. 당신의 감정이 논리와 상관없이 발생하듯, 타인의 감정도 논리와 상관없이 발생한다. 그 사람도 당신과 같이 세상을 필터링하여 목격하고, 자신의 믿음에 따라 판단하며, 주관적으로 해석하여 결론을 내릴 것이다. 그 결론에 의해 특정한 감정이 만들어졌을 테고 말이다.

인간은 이성적이지 않다. 이성적인 척하는 감성적인 존재다. 자신의 감정적인 판단에 '논리적인 그럴싸한 근거'를 가져다 붙이고 있을 뿐이다. 인간은 본능적으로 자신의 약점을 가리려고 하며, 개인적인 욕망에 따라 움직인다. 그게 생존 본능이기 때문에 나쁘다고 볼 수는 없다. 나와 상대의 감정 패턴을 이해해야 갈등의 원인을 파악할 수 있다. 갈등을 해결하고 싶다면, 어떤 식으로 서로의 '믿음'과 기대가 엇갈렸는지 파악해야 한다. 그리고 서로를 얼마나 왜곡되게 해석했는지도. 사람은 자신도 모르는 새에 거짓을 말한다. 스스로의 마음을 알아차리지 못해서 자신을 속이기도 한다. 서운한데 화났다고 말하거나, 외로운데 혼자서도 나쁘지 않다고 말한다. 자존심이 상했으면서 의연한 척한다. 불안하면서 강인한 척한다. 따라서 누군가가 자신의 감정을 이야기해도 그것이 진실이라고 보기는 어렵다. 어떤 이들은 자신의 약점을 드러내기가 싫어서 상대에게 보여지고 싶은 모습으로 스스로를 설명한다. 당신은 여태 자신의 욕망과 감정을 알아차리지 못했고, 그건 상대도 마찬가지다. 스스로의 감정을 알아차리지 못해서 본의 아니게 거짓말하는 이들이 무척 많다는 이야기다. 이 상황에서는 대화를 나누더라도 서로에 대해 오해하기 쉽다. 상대와 나의 어떤 감정이 갈등을 일으켰는지 파악해야 한다. 이 문제의 근본적인 원인이 어디에 있는지 알아야 해결책을 찾을 수 있다. 당신의 기대를 고집하면 갈등은 더 심화될 뿐이다. 그러니 욕심을 내려놓고 상대의 실수와 미흡함도 있는 그대로 마주해보자. 어떤 인간관계 갈등도, 그 어떤 사건 사고도 당신이 세상을 알아가고 이해하는 과정이라고 생각해보라. 그럼 당신의 기대를 내려놓기 쉬워진다.

이때 '세상은 완벽하지 않다'라는 믿음이 또한번 도움이 된다. '사람은 완벽하지 않다.' 또는 '사랑은 완벽하지 않다.'와 같은 믿음으로 응용할 수도 있다. 비록 현재 상황이 마음에 들지 않겠지만, 이것은 세상을 더 넓은 시야로 바라보기 위한 수업이라고 생각해보자. 그 안에서 내가 할 수 있는 최선이 무엇인지 스스로 찾을 수 있다고 믿어보자. 물론 당신이 찾은 '최선의 해결책'은 완벽한 해피엔딩은 아닐 것이다. 마음에 쏙 들지 않는 결말이라서 당신의 노력이 무의미해 보일 수도 있다. 하지만 여기서 중요한 것은, 당신의 선택으로 외부환경을 바꾸는데 성공했는지 실패했는지가 아니다. 세상은 처음부터 당신 마음대로 흘러간 적이 없다. 세상을 당신의 기대대로 바꾸려 애쓰지 말자. 당신은 오직 당신 마음만 지배할 수

있다. 모든 기대를 걷어내고, 모든 믿음도 점검하고, 그리
고 당신의 욕망을 마주하라.

결국 이 모든 사건은, 당신을 하나의 길로 인도할
것이다.

있는 그대로의 세상을 마주하고,
있는 그대로의 당신을 마주하고,
있는 그대로의 상대를 마주하고,
있는 그대로의 감정을 마주하고,
그것들을 어떠한 판단도 내리지 않고,
그저 받아들이고,
주어진 상황에 적응하라.

그 안에서 당신이 할 수 있는 것을 찾고,
노력했음에도 결과가 바뀌지 않는다면,
그 결과 또한 받아들여라.

같은 현상을 보고도

당신의 마음이 이전과 다르게 해석했다면

전혀 다른 감정이 만들어질 것이고

그 '다른 감정'이 '다른 운명'을 끌어올 것이다.

당신이 느끼는 새로운 감정에 의해

새로운 에피소드가 끌려오고

새로운 인연이 끌려오며

그렇게 새로운 운명을 만들게 될 것이다.

다른 누구에 의해서도 아닌,

오직 당신만의 힘으로

스스로의 운명을 바꿀 수 있다.

자기혐오의 함정에서
빠져나오기

스스로를 미워하는 마음은 인간의 정신과 육체를 망가뜨린다. 자신의 부족한 측면을 인정하지 못하고 비난하는 이유는 뭘까? 스스로에게 너그럽지 못해서일까? 아니면 자신에 대한 기대치가 너무 높기 때문일까?

어떤 이들은 이렇게 말한다. 스스로를 사랑하기엔, 자신의 결점이 너무 많아서 그것이 불가능하다고. 그런 이들에게 사랑은 '조건적'이다. 특정한 조건을 가진 사람만이 존중받고 사랑받을 가치가 있다고 믿는다. 동시에 행복이란 '어떤 조건'이 있어야만 허락받을 수 있는 것이라 착각한다. 물론 사회적인 분위기는 당신에게 그런 조건을 내걸 수도 있다. 당신이 얼마나 쓸모 있는 사람이고 유능한지에 따라서 연봉을 결정하고, 대우를 달리할 수 있다. 심지어는 당신의 부모조차 당신이 자랑스러운 자녀가 되기를 바라며 조건을 내걸 수도 있다. 타인은 당신을 통해 자신의 욕구를 충족시키려 하기 때문에, 당신에게 어떤 조건을 기대할 수 있다. 하지만 당신은 스스로에게 그럴 필요가 없다. 오히려 아무런 조건 없이 스스로를 사랑해주고 아껴줄 수 있다. 있는 그대로의 나로도 충분하다고 인정해줄 수 있다. 하지만 그렇게 하지 않는 이유는, 결국 자신의 욕구를 다루지 못해서다.

완벽주의, 스스로를 못마땅하게 여기는 마음, 자기 비난, 자기 혐오 등과 같은 증상은 전부 욕구를 다루지 못하는 데에서 생겨난다. 당신도 자신을 사랑하는 것이 '건강한 태도'라는 것쯤은 알고 있을 것이다. 당신이 스스로에게 너무 냉혹하게 군다는 것도 어느 정도 인지하고 있을 것이다. 하지만 이런 잘못된 습관을 고치지 못하는 이유는, 원하는 것을 더 쉽게 얻어내기 위해 스스로를 수단으로 여기기 때문이다. 만약 당신이 천재였다면 당신은 원하는 것을 더 쉽게 가졌을 것이다. 만약 당신이 매 순간 최선을 다했더라면, 당신은 목표에 더 빠르고 쉽게 도달했을 것이다. 만약 당신이 게으름을 피우지 않고, 멘탈도 더 강인했더라면 당신은 더 뛰어난 능력을 가진 사람이 되었을지도 모른다. 그래서 '스스로가 원하는 것'을 더 쉽게 이루고자 자신을 도구 삼아 열심히 채찍질하며 살았던 것이다. 당신의 마음속에서 욕구는 이렇게 외치고 있다.

'난 이것도 가지고 싶고, 저것도 가지고 싶어! 그것들을 어떻게 해야 가질 수 있는지 머리 아픈 사정 따위는 알고 싶지 않아. 그냥, 내가 뛰어나면 돼! 내가 최선을 다해서 어떻게든 그걸 가지면 되는 거 아니겠어? 빨리빨리 하지 못해? 멘탈은 왜 이렇게 약한 거야? 그리고 성실히게 꾸준하게 해낼 수는 없는 거야? 저 사람들처럼, 저 뛰어난 천재들처럼 멋지게 한 번에 성공시켜보라고! 난 이걸 당장 가지고 싶은데, 왜 난 천재가 아닌 거야? 잘하는 것도 하나도 없어서 왜 이렇게 난 초라하고 비참해야 하는 거야! 도무지 마음대로 되는 게 하나도 없어!'

당신의 내면에는 원하는 것들을 쉽게, 빠르게, 원하는 만큼 얻지 못해서 심통 난 어린아이가 있다. 이 아이는 당신의 목표를 이루기 위해서 무엇을 어떻게 얼마만큼의 시간을 들여야 할지 생각하지 않는다. 그냥 지금 당장 원하는 것을 내놓으라고 드러누워 떼를 쓴다. 그리고 그것을 주지 않는 세상과 당신 자신을 원망한다. 바라는 것이 많고, 더 큰 목표일수록 스스로를 못마땅하게 여기는 마음은 더 커진다.

당신이 스스로에게 너무 엄격해서 자신을 미워하는 게 아니다. 당신이 스스로에게 친절하지 못해서, 당신의 능력이 떨어져서, 그래서 스스로를 사랑하는 게 어려운 것도 아니다. 당신은 그저 자신의 욕망을 다루기 어려웠을 뿐이다. 그 욕망을 실현하기 위해서 스스로를 희생양으로 삼았던 것이다. 그럼에도 원하는 것이 뜻대로 이루어지지 않아서 자신을 괴롭히고 있는 것이다. 빨리 해내라고 협박하는 것도 당신이고, 그 강압적인 협박에 스트레스를 받고 위축되는 것도 당신이다. 그렇게 스스로를 괴롭히는 굴레에 빠지면, 자신을 조건 없이 사랑하는 건 어려운 일이 되어버린다.

무엇을 바라고 있는가? 무엇을 꿈꾸고 있는가? 무엇이 옳다고 생각하는가? 당신이 기대하는 자신의 모습은 무엇인가? 당신이 생각하는 자랑스럽고 이상적인 스스로의 모습은 어떤가? 지금까지 자기 자신에게 바라고 요구하고 강요하던 모습은 무엇인가? 그리고 그런 욕심 때문에 부정해왔던 당신의 연약한 측면은 무엇인가? 스스로를 비난하고 무시하고 윽박지르는 행위 속에서 상처 입고 의기소침해진 자신의 모습이 보이지 않는가? 왜 아무것도 시작하고 싶지 않은지, 왜 더 이상 시도하고 싶지도 노력하고 싶지도 않은지 생각해보자. 그 비난과 조롱의 시작은, 다른 누구도 아닌 스스로가 가장 먼저 했다는 사실을 이제는 깨달았는가? 자기사랑은 사치가 아니다. 필수다. 자기 존중이란 단어는 정말 이상하다. 스스로를 존중하는 것은 당연하다. 그런데 인간은 왜 자아 존중감이라는 단어를 쓰면서, 자존감을 가지기 어려워하는 걸까? 왜 자존감을 스스로에게 허락하지 않았던 걸까? 한 생명으로서, 그의 쓸모를 논하지 않고, 있는 그대로 인정해주면 되는 것을 말이다.

사람에게 왜 쓸모를 논하는가? 왜 사람에게 살아 있을

이유와 가치를 따지는가? 우리는 그저 태어났다. 그리고 살아간다. 그것으로 우리가 살아 있을 이유는 충분하다. 물건은 어떤 목적을 가지고 만들어진다. 기계는 어떤 일을 수행하기 위해 만들어진다. 하지만 사람은 아니다. 사람은 그냥 태어난다. 어떤 두 남녀가 아이를 임신하고 출산하여 양육하지만, 그들은 어찌하여 한 인간이 이 땅 위에 태어나려 하는지 그 의미를 다 알지 못한다. 부모는 한 생명이 가지는 소중함에 대해서 다 헤아리지 못하고, 세상과 국가 역시 생명의 귀중함을 알지 못하는 건 마찬가지다. 우리가 이 삶에 태어나 어떤 경이로운 과정을 체험하고 있는 것인지 어느 누구도 다 파악하지 못한다.

우리는 우연히 태어나 필연적으로 죽음을 맞이한다. 원치 않는 사건 사고 속에서 희로애락을 통해 끊임없이 성장하고 통찰한다. 만물은 우리에게 다양한 감정을 체험할 수 있게 한다. 그 과정에서 자신에 대해 알아가고, 세상에 대해 알아가며, 다양한 감정을 통해 사랑과 행복이라는 궁극의 경험에 도달하게 된다. 이 엄청난 여정을 어느 누가 예측할 수 있겠는가? 이 숭고한 순례자의 여정에 어떻게 가치를 매길 수 있겠는가? 그런 존재에게 당신이 왜 태어났는지 그 쓸모를 증명하라고 요구하는 것은 굉장히 몰상식한 일이다. 우리는 숲 한가운데 피어난 작은 새싹에게 쓸모를 논하지 않는다. 자연을 이루고 있는 모든 식물과 동물과 햇살 한 줌에 감히 쓸모를 논하지 않는다. 그것이 왜 거기에 존재하는지 인류는 이해할 수 없다. 단지 이해하려는 시도를 할 뿐이다. 그러므로 생명이 존재하는 모든 것들에게는 쓸모를 논할 필요가 없다. 쓸모를 외치는 이들은, 그 생명을 가지고 자신의 욕구를 채우려고 수단화하는 어리석은 사람들일 뿐이다. 세상은 당신을 도구화할 수 있다. 하지만 당신은 스스로에게 그래서는 안 된다. 당신 자신에게 이렇게 말하도록 하자.

나는 이 세상에서 가장 뛰어나지도 완벽하지도 않지만, 난 행복할 자격이 있어. 나는 이 세상에서 가장 아름답지도 않고 비범하지도 않지만, 난 스스로를 사랑할 수 있어. 나는 있는 그대로의 내 모습이 완벽하지 않다는 걸 알아. 그리고 그건 날 사랑하는 데 아무런 걸림돌도 되지 않아. 나는 무언가를 바라고, 꿈꿀 수 있지만, 그걸 이루기 위해서 나를 수단으로 쓰지 않을 거야. 나는 단지 무언가를 체험하고 배우며 이 삶을 통해 성장하는 존재일 뿐이니까. 내가 바라는 것들이 공짜로 이루어지지 않는다는 걸 알아. 내가 가지고 싶은 것들이 당장 쉽게 주어지지 않는다는 것도 알아. 그래서 그걸 당장 해내라고 스스로를 괴롭히지 않을 거야. 내가 원하는 것들을 가질 수 있든 없든, 그게 날 괴롭힐 이유는 되지 않아. 나는 나에게 건강하고 따뜻한 음식을 제공할 거야. 나를 아끼고 보살필 거야. 이 인생이라는 여정 위에서 고군분투하는 나를 응원할 거야. 스스로에게 최선을 다하라고 하지 않을 거야. 왜냐하면 내겐 그럴 의무가 없으니까. 그리고 그건 너무 힘든 일이니까. 할 수 있는 만큼만 해보고, 그걸 해낸 나를 칭찬해줄 거야. 왜냐하면 그게 얼마나 어려운 일인지 알고 있으니까. 다른 사람들과 비교해서 초라함을 느끼지도 않을 거야. 나는 뛰어나기 위해서 태어난 것도, 1등이 되기 위해서 태어난 것도 아니니까. 나는 세상에 나를 증명할 필요가 없어. 그게 내 꿈이라면 도전할 수는 있겠지만, 나는 단지 나의 욕구를 위해 새로운 시도를 할 뿐이야. 나의 욕구는 나의 행복과 즐거움을 위해 존재해. 그러니 그것들을 가지기 위해서 나를 희생할 필요는 없어. 내가 어떤 반짝거리는 감정을 얻고 싶다고 스스로를 괴롭히는 건 바보 같은 일이라는 걸 알아. 내가 원하는 것을 가지기 위해 스스로를 괴롭히고 재촉하는 것, 그게 내가 나를 미워하던 습관의 실체라면 더 이상 반복하지 않겠어. 아무 이유 없이 스스로를 아껴주고 사랑해줄래. 아무 이유 없이 스스로를 응원하고 받아들여줄래. 있는 그대로의 내 모습으로, 어떤 기대도 바람도 없이, 쓸모를 논하지 않고 나를 사랑하고 존중해줄 거야.

자, 당신은 여태 스스로를 사랑하기 위해 모든걸 잘해내려고 고군분투 해왔다. 유능한 사람이 되거나, 부유한 사람이 되거나, 외적으로 아름다운 모습을 유지하려고 애썼을지도 모른다. 남들의 인정을 받을 만큼 명예와 인

기를 얻으려 했을 수도 있다. 하지만 당신이 스스로를 '인
정'해주는 데에는 그런 조건이 필요 없다. 세상이 당신에
게 쓸모를 논해도 스스로에게 만큼은 있는 그대로의 모
습도 사랑하고 존중해주자. 그럼으로써 더 쉽게 좋은 감
정을 자신에게 허락할 수 있다.

자기 혐오가 가장 위험한 이유는, 스스로에게 좋은 감
정을 허락하지 않기 때문이다. 결코 달성할 수 없는 완벽
한 목표치를 내걸고, 스스로를 끊임없이 구박하고 닦달
하며 괴롭히고 있다면 당장 그 습관을 멈춰야 한다. 자
신의 욕구를 위해서 스스로를 희생양으로 삼았던 것을
그만두어야 한다. 그 다음, 당신이 바라는 욕망과 당신
은 '아무런 상관이 없음'을 깨달아야 한다. 욕구 또한 에
너지이며, 감정의 한 형태다. 감정과 당신 자신을 동일시
할 필요는 없다. 당신 안에서 생겨나 어디론가 흘러가버
릴 감정에너지를 절대적으로 여길 필요는 없다. 욕구는
단지 당신이 원하는 것을 이루기 위해 필요한 연료(열정)
로 쓰일 뿐이다. 그러니 무언가를 이루고 싶다는 열정에
잡아먹혀서는 안 된다. 그것을 너무 가지고 싶고 이루고

싶은 나머지 스스로를 불태워버리거나 괴롭혀서는 안 된다.

당신은 온전해야 한다. 스스로를 희생하게 되면 온전한 상태를 유지할 수 없다. 언젠가 어떤 아름다운 해피엔딩에 도달하기 위해서 당신은 '행복을 느낄 수 있는 상태'를 지켜내야한다. 어떤 목표를 이루기 위해서 스스로를 혹사시킨다면, 언젠가 그 지점에 도착하더라도 당신의 마음은 메말라버릴 것이다. 고생 뒤에 낙이 온다는 말이 있다. 나는 그 말에 동의하지 않는다. 고생 뒤에 낙이 와도 망가져버린 인간의 마음은 그 낙을 제대로 즐기지 못하니까.

매 순간 행복하고 싶다면, 무조건적으로 자신을 지지하고 사랑하고 아껴주라. 더 높은 이상을 실현하기 위한 동기는 '사랑하는 나를 위해 더 좋은 삶을 선물하고 싶어.'라는 마음이면 충분하다. 그런 건강한 동기를 가지고 나아간다면, 자신을 존중할 수 있다. 말도 안 되는 완벽주의를 들이밀지도 않게 된다. 스스로를 사랑하는 마음

에서 시작된 목표에, 자신을 희생할 리가 없으니까 말이
다.

　행복은 별로 대단하지 않다. 그건 그냥 하나의 상태다.
행복이라고 해서 당신을 희생할 만큼 대단히 중요하지는
않다. 아무리 멋진 꿈과 목표일지라도, 그게 대단한 성공
일지라도 똑같다. 주객이 전도되지 않게 조심하기를 바
란다. 언젠간 당신이 이룬 것들을 통해 행복을 느끼게 될
당신을 최우선으로 두어야 한다. 망가져버린 마음에 억
만금을 준다고 해서 그 마음이 되살아나는 것은 아니기
때문이다. 자신을 혹사시켜 부자가 된 사람들은, 그 많은
돈이 있어도 습관적으로 자신을 혹사시킨다. 그리고 다
른 어딘가에서 행복을 찾으려 하겠지만 결국 찾지 못할
것이다. 행복은 스스로를 존중하는 마음, 자신에게 아무
런 조건도 내걸지 않는 태도, 그 안에서 피어오르는 안정
감이기 때문이다.
　당신은 자신을 편안하게 쉴 수 있게 허락하는 사람인
가? 당신은 스스로에게 사랑한다는 말을 할 수 있는 사
람인가? 당신은 자신이 무엇을 좋아하고 싫어하는지 알

고 있는가? 자기 혐오는 스스로를 괴롭힐 이유를 계속해서 찾으려는 부정적인 감정 습관이다. 자기사랑은 자신에게 지웠던 모든 의무와 완벽주의에서 해방시키겠다는 마스터키다. 자기 혐오는 끝도 없이 스스로를 망가뜨리는 길로 인도할 테지만, 무조건적인 자기사랑은 스스로에게 쓸모를 논하지 않을 자유를 선물할 것이다. 당신은 어떤 방식을 선택하겠는가?

비교와 경쟁에서
벗어나는 법

인간에게 경쟁은 본능과도 같다. 그 본능을 통해서 오랜 세월 진화해왔기 때문에, 비교하려는 심리 자체를 완벽하게 없애는 것은 불가하다. 하지만 이런 본능적인 '비교 심리'를 잠시 잠잠하게 만드는 것은 가능하다.

우선, 비교를 하기 위해서는 '전제 조건'이 같아야 한다. 인간은 자신과 비슷한 조건을 가진 존재에게 더 쉽게 비교 심리를 느낀다. 같은 나이, 같은 성별, 같은 환경, 같은 직업, 같은 학교, 같은 목표 등 비슷한 조건을 가진 상대일수록 경쟁자라고 느끼는 것이다. 이때 이 '본능'을 진정시키려면 조건이 일치하지 않다는 것을 스스로에게 납득시키는 것이 도움이 된다. 나와 나이가 같은 사람이 뛰어난 성과를 내서 그게 비교되고 초라함을 느낀다면, 그 사람과 나는 나이 빼고는 아무것도 같지 않다는 것을 깨달으면 된다. 동시에 상대방과 내가 비슷한 조건으로 보이는 모든 것이 사실은 '다를 수도 있다'고 생각해보는 것도 도움이 된다. 세상 모든 사람들은 당신과 다른 환경에서 다른 체험을 하면서 다른 방식으로 성장하고 있다. 그 과정에서 똑같은 경험을 하는 사람은 하나도 없다. 그러니 누군가와 내가 '같은 출발선'에 있다고 생각하는 것은 오류다. 애초에 같은 출발선에 있지도 않은 사람과 내가 '같은 속도'로 달려갈 거라고 기대하는 건 착각이다. 당신과 비슷한 조건을 가진 사람이 어떤 성과를 냈다고 해서 당신 또한 그걸 해내야 한다는 법은 없다. 그 사람이 뼈를 깎는 고통으로 오랜 세월 노력했을지, 아니면 엄청난 행운이 따라줬을지 당신은 알지 못하지 않는가? 그 상대와 당신이 다른 환경에서 다른 과정을 경험했다면 결과도 다를 수밖에 없다. 쉽게 성공을 거머쥔 것처럼 보이는 이들도 알고 보면 뒤에서는 엄청난 고난과 시행착오를 거쳤을 수도 있다. 겉으로 보여지는 모습은 부분적이기 때문에, 아무래도 실제보다 더 화려하고 완벽해 보일 수 밖에 없다. 그것만 보고 스스로를 남과 비교하고 초라하게 여기는 것은 공평하지 않다. 엄청난 행운아와 당신을 비교하기에는 당신이 너무 억울하다. 엄청난 노력가와 당신을 동일한 선상에 두기에는 상대가 너무 억울하다. 나이가 같다고, 성별이 같다고, 국적이 같다고, 출신 학교가 같다고, 직장이 같다고, 같은 꿈을 가지고 있는 또래라고 해서 당신의 비교 대상이 될 수 없다. 사람은 각자 자신의 인생을 무대로 살아가고 있다. 그 무대에서 가장 하이라이트가 될 장면이 언제 나올지는, 연극의 시나리오마다 다를 수 있다. 그러므로 당신이라는 인생의 연극에서 가장 빛나는 부분이 언제 나올지, 그리고 이 연극의 장르가 무엇일지는 타인과 다를 수 밖에 없다. 이 시나리오를 더 행복하고 향기롭게 바꾸는 건 당신에게 달려 있다. 인생극의 작가도 감독도 배우도 전부 당신이기 때문이다.

우리는 끊임없이 비교하고 경쟁할 수 밖에 없는 사회

에서 살고 있다. 학교에서, 직장에서, 또래들 사이에서, 이성 앞에서, 가족들 사이에서, 하다못해 물건을 소비하는 과정 속에서도 당신이 살 수 있는 사치품의 금액으로 서열이 매겨질지도 모른다. 어쩌면 휴식을 취하려고 시작한 취미 활동에서도 당신은 1등을 하고 싶다는 욕심과 꼴찌를 하고 싶지 않다는 두려움을 가지고 있을지도 모른다. 인간에게 비교와 경쟁은 본능이고, 우리가 어떤 집단에 가든 그것을 멈출 수 없다면, 당신은 본능에 익숙해져야 한다. 경쟁 구도에서 상처받고 마음이 오락가락해서는 안 된다는 것이다. 외부적으로 누군가 당신에게 등급을 매기고 평가하는 것에 개의치 않아야 한다. 동시에 당신의 내면에 그러한 평가가 흡수되지 않도록 주의해야 한다. 비교당하고 평가당하는 것은 어쩔 수 없는 일이다. 외부에서 일어나는 현상이므로 대부분은 당신이 통제할 수 없다. 하지만 그것을 내부로 끌고 들어와서 '세상이 평가한 대로 자신을 평가하는 것'은 관둘 수 있다. 이건 마치 날씨와도 같다. 밖에 비바람이 불고 폭풍우가 몰아치면 어떻게 하겠는가? 안전한 집으로 돌아와 그것이 지나갈 때까지 기다리면 된다. 어쩔 수 없이 밖으로

나가야 한다면? 그렇다면 우비나 우산으로 젖지 않게 몸을 보호해야겠지. 또는 정말 미세한 빗방울이라면 그냥 맞을 수도 있다. 물은 금방 마를 테니까. 맞다! 물은 금방 마른다. 타인의 평가도 시선도 그냥 소나기 같은 거다. 그게 쏟아질 때에는 축축하고 춥고 불편하지만 시간이 지나면 마른다. 약간의 물비린내가 찝찝함을 유발할 수도 있겠지만, 뭐 결국 그 어떤 비도 당신을 '바꿀 수는 없다.'

이 지겨운 비교와 경쟁에서 벗어나려면 '그것이 아무런 의미가 없음'을 깨달으면 된다. 어떤 사람들과 당신이 경쟁 구도에 있고, 그 안에서 당신이 하위권이어도 상관없다. 그 서열 구조대로 인생의 행복이 결정되는 것은 아니다. 당신이 행복을 느낄지 말지는 건강한 마음이 결정할 것이다. 그리고 감정은 에너지에 불과하기 때문에, 외부의 조건과 서열에 상관없이 만들어낼 수 있다! 물론 타인에게 평가받는 입장이 유쾌하지 않을 수는 있다. 그래서 여가 시간이나 휴식 시간에서만큼은 스스로에게 쓸모없고 의미 없는 행동을 할 것을 권장한다. 그건 마치 '경쟁 디톡스'와 같다. 1등 할 필요가 없는, 잘할 필요도 없는,

꼴찌해도 아무렇지 않은 어떤 행위들을 해보는 것이다. 사람들은 그걸 취미라고 부르기도 하는데 꼭 그럴싸하지 않아도 좋다. 쓸데없는 일인데 당신을 즐겁게 만들어주는 게 있다면 그것들을 해보자. 그리고 그 안에서 또다시 1등 하려고 하는 자신에게 등수 따위는 중요하지 않다고 말해주자. 산책을 해보자. 살은 빠지지 않아도 된다. 요리를 만들어보자. 맛있지 않아도 된다. 일기를 써보자. 남한테 안 보여줄 테니 못 써도 된다. 노래를 불러보자. 엄청난 음치에 가사를 까먹어도 좋다. 아무 노래를 지어내도 좋고 말이다. 춤을 춰보자. 막춤이어도 좋으니까. 좋아하는 컬러의 옷을 입어보자. 당신의 몸매가 완벽하지 않아도 되니까. 그럼으로써 결과가 아닌 행위 자체에 즐거움을 느끼는 자신을 되찾을 수 있을 것이다. 사회생활을 하면서 끊임없는 비교와 평가에 시달린 자신에게 편안한 순간을 선물하는 것은 큰 활력이 된다.

경쟁에서 이득 보는 가장 쉬운 방법이 뭔지 아는가? 1등을 하는 것이 아니다. 바로 '경쟁에 참여하지 않는 것'이다. 애초에 경쟁에 참여하지 않는다면, 1등이든 2등이든 꼴등이든 순위가 매겨질 일이 없다. 그리고 경쟁에서 이기기 위해 노력할 필요도 없다. 타인과 자신을 계속해서 비슷한 선상에 두고 비교하는 것은 처음부터 손해 보는 짓이다. 등수를 매기느라 곤두설 테고, 1등을 하기 전까지는 스스로를 괴롭힐 것이며, 1등을 했다고 할지라도 유지하려고 애쓰다가 피곤해질 것이다. 그리고 한 경쟁에서 1등 하는 것도 힘든 마당에, 이런저런 다양한 경쟁에서 동시에 1등을 할 수는 없을 것이다. 일도 잘하고, 돈도 잘 벌고, 좋은 직장에, 아름다운 외모와, 탄탄하고 늘씬한 몸매와, 화목한 가정과, 사랑스럽고 자랑스러운 연인과, 좋은 집, 좋은 차, 교양 있는 취미 활동과, 어느 하나 빠지는 것 없이 다양한 능력을 가진 팔방미인이 될 수 있다고 생각하는가? 이 얼마나 바쁘고 고되며 머리 아픈 인생인가? 완벽해지기 위해서 끊임없이 스스로에게 더 잘할 것을 요구하는 삶이라니 듣기만 해도 피곤하지 않은가? 모든 경쟁에서 전부 이길 수는 없다. 경쟁에 뛰어든 마당에 계속 지기만 한다면 자존심도 상하고 의기소침해지거나 스스로를 못마땅하게 여기게 될지도 모른다. 그러니까 처음부터 경쟁에 참여하지 않는 게 좋다.

'저 게임은 별로 끼고 싶지 않네.'

이렇게 선을 그으면 된다. 사람들이 부자의 기준을 논하며 자신이 평생 모은 돈을 과시한다면 그냥 지나치면 된다. 그들이 말하는 행복의 기준과 당신의 행복 기준은 다르기 때문이다. 사람들이 자신의 몸무게로 자신의 완벽함을 과시한다 해도 그냥 지나치면 된다. 당신은 스스로가 얼마나 아름답고 완벽한 존재인지 육체로 증명할 필요가 없기 때문이다. 사람들이 주변 인간관계를 자랑하면서 얼마나 인기 있고 환영받는 사람인지 떠들어도 위축될 필요 없다. 당신이 얼마나 사랑스러운 사람인지는 당신이 가장 잘 알고 있기 때문에, 사람들이 그걸 몰라준다고 할지라도 진실이 바뀌지는 않는다. 당신은 뛰어난 능력을 가진 사람들을 보면서 박탈감을 느끼거나 뒤처긴 것 같다는 경쟁심을 느낄 필요도 없다. 그늘과 당신의 여정은 다르기 때문이다. 그들과 당신이 살아온 과거도, 당신의 성향도 다르기 때문이다. 시작도 과정도 달랐으니 결과가 다른 것은 당연하다. 그리고 당신은 지금 당신이 처한 상황이 '끝'이 아님을 알고 있다. 새로운 시작

좋은 감정은
언제나 마음 깊은 곳에서
싹튼다.

이 또 다른 결과를 만들어줄지도 모른다. 그런 가능성에 투자한 결과로 놀라운 일들이 벌어질 수도 있으므로, 지금의 당신과 타인의 해피엔딩을 비교하는 것은 불공정한 일이다. 그들은 오래전에 시작했고 당신은 이제 막 시작하는 거라면, 그 속도의 차이는 감안해주는 것이 공정하다. 나는 가급적 당신이 세상 누구와도 '비교'하거나 '경쟁'하지 않았으면 한다. 당신의 본능이 초대하는 그 모든 경쟁에서 스스로 기권했으면 좋겠다. 그곳은 당신의 무대가 아니기 때문이다. 나는 이왕이면 당신이 '스스로'와 경쟁했으면 좋겠다. 자기자신과 경쟁해야하는 이유는 다음과 같다.

첫 번째 이유는, 당신이 과거의 자신보다 더 나은 자신이 되기를 바라는 것이야말로 가장 공정한 경쟁이기 때문이다. 지금의 당신이 보다 성숙해지고 유능해진다면 어떤 모습일지 상상해보자. 그 모습을 막연히 상상하는 것만으로도 의외의 해답을 발견할 수도 있다. 현재의 자신과 조금 더 성장한 미래의 자신을 비교하며 동기 부여 대상으로 삼는 것도 좋다. 또, 자신의 긍정적인 측면을 인정해줌으로써 잠재력을 발휘할 수도 있다. 어쨌든 과거의 자신이든, 미래의 이상적인 모습의 자신이든 모두 '같은 과거'를 가지고 있기 때문에 경쟁하기에 비슷한 조건을 가지고 있다. 경쟁을 하기에 가장 공정한 비교대상이라고 할 수 있다. 그래서 어제의 나보다 한 걸음 더 나은 사람이 되는 것은 쉽다. 반대로 대단한 위인과 자신을 비교해서 그를 이기는 것은 불공정하며, 어렵기까지 하다. 나라면, 어차피 비교하려는 나의 본능을 '나 자신'과 비교하는 데에 쓸 것이다. 오히려 성장으로 가는 원동력이 되어줄 테니 말이다.

두 번째 이유는, 스스로와의 경쟁에는 기한이 없기 때문이다. 만약 당신이 타인과 경주를 하게 된다면 누군가 1등이라는 결승선에 도착하면 이 게임은 끝나버린다. 게임이 끝나면 당신은 패배자가 되어 2등이나 3등 또는 꼴찌라는 수식어를 스스로에게 낙인찍게 되어버린다. 하지만 만약 스스로와 경쟁하면 어떻게 될까? 이 트랙 위에 선수는 단 한 명뿐이다. 그리고 이 경주는 당신이 골인 지점에 도착하기 전까지 끝나지 않을 것이다. 그러니까 당신은 1등을 하거나, 아니면 영원히 경주가 끝나지 않거나 둘 중 하나의 결론만 낼 수 있다. 이 게임에서 당신은 결코 실패할 수 없다! 시간 제한이 없기 때문이다. 당신이 이 게임에서 스스로 기권하거나 멈춰 있을 수는 있겠지만, 패배하는 일은 없다. 경주에 참여하는 인물이 단 한 명뿐이기에 필요하다면 휴식을 취할 수도 있다. 만약 이 경주가 마음에 들지 않는다면 다른 목표로 트랙을 바꿀 수도 있다. 그러니 더 이상 초라해지거나 조급해질 이유도 사라진다. 혼자서 하는 경주는 당신이 아무리 느려도 기다려줄 것이고, 계속해서 기회를 줄 테니까. 뒤처지는 것 같은 느낌에 스스로를 혹사할 필요도 없다. 어제보다 오늘 조금씩 더 나아가는 모습에 뿌듯함을 느끼며 당신만의 페이스로 나아갈 수 있다.

세 번째 이유는, 당신이 비교하는 대상과 닮아질 가능성이 있기 때문이다. 비교는 우위를 가리는 행위 같지만, 결국 그 과정에서 서로 비슷해진다. 한쪽의 강점을 다른 쪽이 따라 하고, 한쪽이 가진 것을 다른 쪽도 가지다 보면 모방을 하게 되기 때문이다. 롤모델은 누군가의 우상으로서 카피의 대상이 된다. 경쟁 대상도 마찬가지다. 상대에게 지지 않기 위해서 상대가 가진 능력과 전략을 따라 하다 보면 결국 비슷해진다. 나는 당신이 뛰어난 사람이 되기 위해서 타인과 '똑같아질' 필요는 없다고 생각한다. 세상에는 대단히 멋진 업적을 쌓은 사람들이 있지만 나는 그들이 부럽지 않다. 그들처럼 되고 싶은 생각도 없다. 그들이 내 라이벌이라고 생각하지 않는다. 왜냐하면 비교하는 순간, 내 본능이 그들과 같은 조건을 갖춘 사람이 되라고 부추길 것이고, 나는 그 누구와도 비슷해지고 싶지 않기 때문이다. 나는 나답게 살고 싶다. 내 목표는 최고 버전의 내가 되는 것이다. 누군가를 따라 하는 아류가 아니라, 최고 버전의 내가 되려면 그 누구와도 나를 비교 선상에 두면 안 된다. 비교하는 순간 그 대상과 점점 비슷해지기 때문이다. 경쟁의 위험성은, 경쟁에 참여하는 모든 사람들을 비슷비슷하게 만든다는 것이다.

당신은 어떤 이들과 경쟁하고 있는가? 그들과 닮아져도 괜찮은가? 그들이 정말 멋져 보이는가? 당신 자신의 본연의 모습을 포기할 만큼? 누군가를 따라 하는 아류가 되고 싶은가? 아니면 당신만의 고유한 특징을 가진 존재로 살고 싶은가? 나는 세상에서 가장 뛰어난 사람 취급을 받지 않아도 좋으니, 나답게 살고 싶다. 나다운 생각 속에서, 나다운 라이프스타일을 지속하고, 내 심장이 뛰는 목표를 좇으며, 내 방식의 행복을 음미하고 싶다. 나는 내가 다른 사람들과 어떤 부분에서 다른지 알고 있다. 나는 내가 어떤 인생을 추구하는지도 알고 있다. 그래서 어떤 경쟁에서 승리하는 것보다, 사람들이 인정하는 1등이 되는 것보다, 그 모든 경쟁보다 더 중요한 무언가를 알고 있다. 나는 나만의 이상향을 가지고 있다. 그 이상향은 세상 밖에 없다. 오직 내 안에 있으며, 나만이 해낼 수 있다. 그러니 세상 밖의 경쟁에서 이길 필요는 없다. 나만의 트랙 위에서 나만의 속도로 나아가다 보면, 내가 만든 하이라이트에 도달해 해피엔딩을 이루게 될 테니까 말이다. 이 여정 자체가 즐거우려면 주변을 둘러보면 안 된다. 그리고 본연의 자신을 잃지 않기 위해서 남들과 경쟁하려는 태도도 버려야 한다. 우리는 비교하는 모든 것들과 결국 비슷해진다. 그들이 말하는 나쁜 것들은 제거하고, 그들이 말하는 옳은 것들만 추구하다가 '모두가 똑같이 공장에서 찍어낸 듯한 인물'이 되어버린다면, 그 결과로 순수성을 잃어버린 흔해빠진 인물이 될 뿐이다. 남들이 좋다고 해서 무언가를 계속 하다 보면 자신이 좋아하는 걸 잊어버리게 된다. 남들이 무엇을 옳다고 생각하는지에 집착하다 보면, 자신이 무엇을 옳다고 생각하는지 알 수 없게 되어버린다. 인생의 주도권을 외부에 모두 빼앗겨버리는 것이다.

　가장 중요한 것들은 모두 우리의 내면에 있다. 당신의 감정, 당신의 행복, 당신의 열망, 당신의 꿈과 이상향은 전부 당신의 내면세계에 잠들어있다. 그리고 당신의 잠재능력과 언젠가 도달하게 될 멋진 미래도 내부세계에 열망의 형태로 존재하고있다. 그러니 이 세상 밖에 아무리 화려한 것들이 있다고 한들 신경 쓰지 말고 당신의 내면에서 '행복의 지도'를 찾아야 한다. 결국 이 행복을 느끼는 것은 당신 자신이기 때문에, 스스로를 파악하는 것이야말로 가장 풀 가치가 있는 수수께끼다. 나답게 사는 것은 궁극의 자유와 행복을 보장해준다. 다른 누군가의 성과를 탐내지 않을 만큼 스스로의 인생에 만족하려면, 자신의 순수성을 지켜내야 한다. 성공을 위해서 자기다움을 버리고, 자기사랑도 버리고, 평온과 여유를 버리고, 경쟁심으로 혹사하며 살아간 이들은 결국 순위에 매달릴 수밖에 없다. 가질 수 있는 게 그것밖에 없기 때문이다. 경쟁 구도 속에서 알맹이를 모두 버려버렸기에 건질 거라곤 껍데기뿐인 등수와 남들의 공허한 인정뿐인 셈이다.

세상 밖에서 1등을 하지 못해도, 내가 만든 인생의 시나리오에서 언제나 주연이 될 수 있다. 일상의 작은 행위 속에서도 자유와 행복을 숨 쉬듯 느낄 수 있다. 그러려면 스스로를 이해해야 하고, 자신의 성향에 맞는 환경을 찾아야 한다. 무엇을 해야 행복한지 스스로를 더 많이 탐구해야 한다. 가장 행복한 버전의 당신을 찾기 위해서 이 비교 심리를 사용하는 것은 어떤가? 만약, 내가 나를 사랑하게 된다면, 그 모습의 나는 어떨까? 만약, 내가 스스로의 일을 자랑스럽게 여기고 즐긴다면 그 모습의 나는 어떨까? 만약, 내가 좋아하는 일이 생긴다면 그걸 하는 나는 얼마나 행복할까? 그런 내가 되려면 지금 뭘 해야 할까? 그런 이상적인 내 모습과 지금의 내 모습을 비교했을 때, 나는 뭐가 부족하고 뭘 더 갖춰야 할까?

멈추는 것이 불가능한 '비교 심리'를 당신의 이상향과 비교하는 데 쓰자. 그리고 마음껏 비교하고 마음껏 닮아가자. 세상이 어떤 경주에 당신을 초대해도 신경 끄고, 진심으로 되고 싶은 당신의 모습에만 주의를 기울이면 된다. 남들이 돈을 얼마나 벌든, 남들이 얼마나 뛰어나든, 남들이 얼마나 사랑받고 인정을 받든 알 바 아니다. 당신의 행복, 당신의 성장, 당신의 성취는 결국 남들과의 경쟁에서 나오지 않는다. 1등 한다고 1등만큼의 행복을 느낄 수 있는 것도 아니다. 당신이 어떤 경주에서 1등을 해봤다면 내 말이 진실임을 알 수 있을 것이다. 경쟁에서 느끼는 승리의 기쁨은 아주 잠깐 숨을 돌릴 틈만 줄 뿐이다. 승자의 자리를 유지하거나, 앞으로 더 잘해야 한다는 또 다른 퀘스트로 이어질 것이다. 그러니 경쟁에서 빠져나와 당신 자신을 성장시키고 다듬을 수 있는 '양육'의 시나리오로 이동하자. 당신 안에 숨어있던 잠재력을 찾아가는 이 여정에서, 조금 더 행복해질 자신의 모습을

추측하고 그것을 목표 삼아 매일 한 걸음씩 나아가는 것
이다.

추측하고 그것을 목표 삼아 매일 한 걸음씩 나아가는 것

내면의 부정적인
목소리와 대화하기

인간은 부정적인 생각을 배척한다. 부정적인 감정도 배척한다. 그것으로부터 벗어나고 싶기 때문이다. 하지만 진정 부정적인 것들에서 빠져나오고 싶다면 '진짜 원인'을 찾아야 한다. 도망치기보다는 정면으로 마주해야 그것들을 사라지게 할 수 있다.

당신은 때때로 마음 깊숙한 곳에서 불통한 목소리가 올라오는 것을 체험했을 것이다. 그게 아니라면 스스로 삐뚤어진 태도를 보일 때가 있다는 걸 경험했을지도 모른다. 이것은 부정적인 내면의 목소리다. 이 목소리를 들으면 당신은 두 가지 선택을 내릴 것이다. 그 목소리에 너

무 몰입한 나머지 부정적인 생각의 함정에 빠져버리는 것
이다. 당신의 걱정과 두려움이 실제로 일어나면 어떡하
나 상상의 나래를 펼칠지도 모른다. 또는 오히려 이 부정
적인 목소리를 아예 무시하려고 할지도 모른다. 그것들
에 귀 기울이는 게 당신에게 별로 도움 된 적이 없었기
때문에, 괜히 휘둘리고 싶지 않아서 무시하는 것일 테다.
어쩌면 단순히 우울한 감정에 빠져들고 싶지 않아서 부
정하고 있는 걸 수도 있다.

나는 당신이 부정적인 목소리를 무시하지 않으면서, 동
시에 휘둘리지도 않았으면 좋겠다. 왜냐하면 그 안에 '해
답'이 숨어 있기 때문이다. 감정은 에너지고, 에너지는 시
간이 지나면 변질되기도 한다. 어떤 이의 슬픔이 시간이
지나 한 맺힌 마음이 되고, 어떤 이의 사랑은 시간이 지
나 그리움 또는 애증으로 변질되는 경우가 그렇다. 자유
로이 흘러가는 것이 감정 에너지의 속성인데, 그것을 가
로막고 마음 깊숙이 가둬둔다면 전혀 다른 형태의 감정
으로 변질되기도 한다. 마치 당신의 내면에서 들려오는
'부정적인 목소리'처럼 말이다. 어떤 목소리는 당신을 못

마땅해할 것이고, 비난하거나, 무시하거나, 당신을 의기소침하게 만들 것이다. 그 목소리들은 사실 어떤 상처를 감추고 있다. 상처 입은 마음이 변질되어 공격적으로 굴거나, 회의적으로 변해버린 것이다.

사랑에 상처 입은 사람은, 새로운 사람을 만나는 것에 두려움을 느낄 수 있다. 과거의 상처에 또 다른 상처가 추가될까 봐 두려워하는 것이다. 그는 새롭게 만나는 사람을 의심하고 평가함으로써 두려움을 표출한다. 스스로가 두려워하고 있다는 것을 자각하지도 못한 채로 말이다. 새로운 연인을 만들고 싶어서 나간 소개팅에서 냉소적인 마음의 소리를 들었다면, 이걸 단순히 부정적인 측면이라고 판단해서는 안된다. 치유되지 못한 과거의 기억에서 방어기제가 작동했다는 증거니까 말이다. 이때에는 '부정적인 생각은 하지 말자'라는 긍정적인 의도와 결심이 전혀 통하지 않는다. 이 감정이 만들어진 원인을 파고들어야 한다. 왜 이런 부정적인 생각과 감정이 올라왔을까? 나는 무엇을 경계하고 두려워하는 걸까? 이 감정은 언제 만들어졌을까? 어디서부터 시작되었을까? 무엇

때문에 만들어졌을까? 마음에 집중한 채로 추리를 이어갈 필요가 있다. 그리고 마침내 스스로 만들어낸 감정의 실타래를 풀고 나면 비로소 부정적인 목소리의 실체를 깨닫게 될 것이다. 두려워서 의심했다는 것을 말이다. 또는 너무 열정적이어서 짜증이 났을 수도 있다. 너무 잘하고 싶어서, 아무것도 하고 싶지 않았을 수도 있다. 너무 큰 실망을해서 의욕이 사라진 걸 수도 있다. 감정의 표층만 보고 전체를 판단해서는 안 된다. 그 부정적인 목소리가 시작된 지점을 찾아야 한다. 마치 어떤 영화에서 악역에게도 숨겨진 사연이 있었다는 것을 발견하는 것처럼 말이다. 당신의 부정적인 목소리에도 그만한 근거가 있을 테니 그 이유를 찾아보도록 하자. 그럼으로써 겹겹이 보호막을 둘러 왜곡되고 변질된 감정의 '진실'을 파악할 필요가 있다. 그럼 최소한 스스로에게 거짓말은 하지 않게 된다. 원하는 것을 거부하는 안타까운 실수도 저지르지 않게 될 것이다.

　사람은 자신의 감정 앞에서 솔직하지 못한 나머지 후회할 행동을 많이 한다. 너무 사랑해서 도망치고, 너무 잘하고 싶어서 시작조차 하지 못하는 경우가 허다하다.

그래서 나는 이 부정적인 목소리의 실체를 반드시 파악하라고 권유하고 싶다. 그 목소리를 무시할 필요도, 휘둘릴 필요도 없다. 부정적이고 뾰족하고 시니컬하고 회의적인 자신의 내면과 수다를 떨어보자. '너의 고민을 들려줘. 네 이야기를 들려줘. 내가 네 하소연을 들어줄게.'라고 마음에 말을 거는 것도 좋다. 무거운 마음의 짐과 두려움을 털어놓으려고 타인에게 하소연할 필요는 없다. 그렇다고 참을 필요는 더더욱 없다. 스스로에게 털어놓는 것이야말로, 다른 누구에게 했던 속 이야기보다 가장 개운하다는 걸 부디 체험해보길 바란다. 어떤 문제는 단순히 털어놓는 것만으로 해소되기도 한다. 그러다 보면 스스로 답을 발견해낼 때도 있다. 여러 감정으로 복잡했던 마음도 아주 명료해질 것이다. 세상 모두가 당신의 사소한 감정에 귀 기울이지 않고 그걸 성가셔할지라도, 당신은 스스로의 마음에 귀 기울였으면 한다. 어디가 불편한지, 무엇이 두려운지, 어떤 불안이 당신을 힘들게 하는지, 어떤 마음의 상처가 당신을 아프게 하는지, 외면하지 않았으면 한다. 당신이 남들에게 받고 싶었던 사랑과 존중을 스스로에게 아낌없이 보여줌으로써, 스스로의 신임을 얻기를 바란다. 그럼으로써 자신과 가장 가까운 친구가 되고, 스스로의 마음을 가장 깊은 곳까지 이해할 수 있는 온전한 이해자가 되기를 바란다.

　자기 자신과 싸우지 말자. 불필요한 오해도 하지 말자. 오해를 만들지 않는 가장 좋은 방법은, 경청하는 것이다. 왜 그런 부정적인 생각을 했는지 물어보자. 듣자. 그리고 당신을 삐뚤어지게 만든 그 기억을 마주하고 상처를 치유하자. 당신의 본모습이 아름답고 사랑스럽고 순수하다는 것을 믿어라. 당신은 원래 부정적이고 삐뚤어진 사람이 아니다. 단지 어떤 사연이 있어서 잠시 그런 상태가 된 것뿐이다. 그 상처를 치유해줄 귀인은, 당신 자신밖에 없다.

상처입은 내면아이를 치유하는 방법

당신의 내면에는 여러 가지 부정적 목소리가 존재하겠지만, 그중에서도 가장 다루기 어려운 것은 내면아이적인 측면일 것이다. 이 내면아이는 당신의 나이와 상관없이 가장 어리숙하고 고집스러운 성향을 가지고 있다. 그건, 이 내면의 목소리가 당신의 어린 시절에 파생되었기 때문이다.

당신의 무의식에는 살아오면서 경험했던 여러 기억들이 저장되어 있다. 그리고 그 기억과 함께 그 시절의 감정도 그대로 저장되어 있다. 특히나 당신이 과거에 배출하지 못하고 억눌렀던 감정이 있다면 더 큰 에너지 덩어리로 저장되어 있을 것이다. 특정한 과거의 기억을 떠올렸을 때, 굉장히 불쾌하거나 두려움에 몸이 떨리거나 거부감이 든다면 상처 입은 내면아이가 있다는 증거다. 그리고 그 내면아이적인 측면은, 과거의 상처를 건드는 상황에서 튀어나온다.

예를 들면, 과거 당신의 부모가 다른 집의 자녀와 당신을 비교하며 못마땅하게 여겼던 적이 있다고 가정해보자. 수십 년 전 일인데도 불구하고, 또다시 비슷한 상황이 재현된다면 당신은 굉장한 분노를 느낄 수 있다. 당신의 울분과 원망은 어린 시절부터 쌓였기 때문에, 실제로 그만큼 화낼 만한 일이 아닌데도 민감하게 반응하거나 분노를 터뜨릴 수 있다. 당신은 아마 부모에게 어린 시절의 한 맺힌 서러움을 쏟아낸 뒤에, 사과를 받고 싶을 것이다. 이건 이성적으로 판단하여 행동하는 당신의 성숙한 측면이 아닌, 어린아이 같은 측면이 발동했다는 증거다. 심지어 사과를 받아내더라도 분이 풀리지 않을 것이다. 어린 시절의 상처 입은 내면아이가 치유되기 전까지는, 수백번 사과를 받아도 만족스럽지 않는 것이 당연하다. 사과를 받는 것은 어른이 된 당신이지, 과거의 당신이 아니다, 그 시절의 기억과 감정은 그대로 머물러 있기 때문에 내면아이의 감정 상태를 바꿀 수 없다. 과거의 문제는 과거에서만 해결할 수 있다. 현재의 환경을 바꾼다고 과거의 감정을 변화시킬 수 없다는 뜻이다. 과거의 당신에게 상처 입혔던 모든 사람에게 사과받아내려는 것은 내면아이 치유에 아무런 도움도 되지 않는다. 오히려 과거로 돌아가 그 기억을 교정하는 것이 훨씬 효과적이다.

눈을 감고, 명상 상태에 들어가서 과거의 기억을 회상하자. 그 시절 당신이 느꼈던 감정을 다시금 불러내야 한다. 그다음, 그 감정이 당신의 심장을 통해서 흘러갈 수 있게 해야 한다. 마음 깊숙한 곳에 쌓아두었던, 과거에 만들어졌던 설움과 부정적인 감정을 다 느껴보고 호흡으로 쏟아내면 된다. 눈물이 나온다면 자연스럽게 흘리면 된다. 감정이 목구멍에서 턱 막히는 느낌이 든다면 편안하게 입으로 호흡을 내쉬는 것도 도움이 된다. 너무 많은 감정을 억누르면 목이 막힌 듯한 느낌이 들 수 있다. 이는 과거의 당신이 해야 할 말을 하지 못했기 때문이다.

해야 할 말을 참았기 때문이다. 자기표현을 억눌렀기 때문이다. 그래서 목에 응어리가 걸린 것 같은 느낌이 드는 것이다. 당신의 심장을 어루만지는 상상을 하면서 당신의 어린아이를 이렇게 달래보자.

'정말 힘들었겠다. 아팠겠다. 너무 슬펐겠다.'

'울어도 돼. 슬퍼해도 돼. 그럴 만했어. 네가 속상할 만했어.'

'나는 널 이해할 수 있어. 이리 와. 내가 널 꼭 안아주고 위로해줄게.'

자신의 감정을 보듬어주고 수용한다면 억눌렀던 모든 감정이 올라올 것이다. 이때 올라오는 감정을 두려워 말고 호흡으로 천천히 내보내면 된다. 모든 감정은 에너지이므로 결국 흘러갈 것이다. 당신이 느끼고 내보내준다면 그것은 점점 밖으로 흘러나가 마침내 한 톨도 남지 않을 것이다. 느낄 수 있는 모든 감정을 느끼고, 받아들이고 나면 마음이 한결 차분해질 것이다. 그때 자신의 내면아이를 꼭 안아주고 사랑한다고 속삭여주자. 내가 이 책에서 수도 없이 말했던 자기사랑의 멘트를 스스로에게 그대로 들려주자. '너는 쓸모 있을 필요가 없어. 너는 1등 할 필요도 없어. 세상 사람들은 너를 평가할지도 몰라. 하지만 난 너에게 그렇지 않을 거야. 너는 내게 가장 소중하고 사랑스럽고 귀한 존재니까. 난 있는 그대로의 네가 좋아. 그걸로 충분하단다.' 라고 말이다.

과거의 감정을 느낌으로써 감정을 비워낼 수는 있겠지만, 그것만으로는 당신의 내면아이를 치유할 수 없다. 적절한 공감과 위로가 반드시 필요하다. 하지만 그렇다고 처음부터 무작정 공감해버리면 안 된다. 과거의 감정이 충분히 올라오고 쏟아낸 뒤에 공감과 위로를 건네야 한다. 이 순서는 매우 중요하다. 감정을 느끼지 않고 위로만 한다면 내면아이는 당신의 사랑을 받아들일 수 없다. 이미 부정적인 감정으로 심사가 꼬여 있기 때문이다. 감정을 느끼고 비우는 것이 먼저다. 그다음에 사랑으로 상처를 치유하고 자아 존중감을 채워주면 된다. 이 어린아이에게 당신의 사랑이 무조건적임을 속삭여야 한다. 아이가 세상의 평가와 조건적인 시선 속에서도 상처받지 않고, 단단해질 수 있도록 격려해야 한다. 당신은 이 사랑스러운 내면아이를 위해서 성숙한 부모가 되어야 한다. 당신의 부모가 했던 실수를 당신이 바로잡아야 한다. 당신의 부모가 주지 못했던 무조건적인 사랑을 스스로에게 주어야 한다.

때로는 이 행위가 육아를 하듯 어렵게 느껴질 수도 있다. 그리고 스스로에게 자급자족의 사랑을 주어야 하는 상황이 쓸쓸하게 느껴질 수도 있다. 하지만 이건 슬픈 상황이 아니다. 세상 그 누구의 허락도 없이, 스스로에게 완벽한 사랑을 제공해줄 수 있다는 뜻이니까. 이건 완벽한 자유다. 타인의 인정과 사랑에 연연하지 않을 자유. 당신이 원하는 것을 지금 여기서 완벽하게 누릴 자유 말이다.

그 시절 당신이 누구에게도 위로받지 못해서 슬펐다면, 지금 아낌없이 해주자. 그 시절 당신 곁에 누구도 없었다는 사실에 비참했다면, 그때의 자신의 곁으로 가 가장 듣고 싶었던 말을 해주자. 품을 내어주고 사랑한다고 속삭여주자. 현재의 당신이 전혀 멋진 사람이 아니고 완

벽한 어른이 아니라 할지라도 괜찮다. 상처입은 마음을
다정하게 어루만지고 사랑을 속삭여준다면, 당신은 과거
의 내면아이들에게 최고의 어른이자 영웅이 될 수 있다.

　스스로를 구제할 수 있는 것은 다른 누구도 아닌 자신
뿐이다. 왜냐하면 그 아픔을 하나부터 열까지 세세하게
파악하고 있는 것도 자신뿐이고, 어떤 위로의 말로 그 상
처를 치유할 수 있는지 아는 것도 자신뿐이기 때문이다.
일평생 듣고 싶었던 사랑과 위로의 메시지를 스스로에게
아낌없이 해주자. 그 해답지를 들고 다른 이들에게 읊어
달라고 구걸하거나 찾아다닐 필요가 전혀 없다. 당신이
야말로 자신의 상처를 치유할 수 있는 가장 적합한 인재
니까 말이다. 그리고 이 내면아이들이 당신으로 인해 치
유된다면, 부정적인 목소리는 점점 힘을 잃게 될 것이다.
당신은 스스로에게 신뢰를 얻을 수 있을 것이다. 내면아
이를 보살핌으로써 스스로를 사랑할 수 있게 될 것이다.

　당신의 가장 지혜로운 측면이 당신의 가장 무지하고
연약하며 어리석은 측면을 보살피게 하라. 당신의 미숙

함을 부끄러워하거나 감추지 말고 스스로를 양육해라. 당신이 스스로를 사랑하고자 할 때, 그리고 자신의 목소리에 귀를 기울일 때, 그때야 비로소 억눌렀던 감정들이 스스로 이야기하기 시작할 것이다. 과거의 상처 입었던 기억으로 인해 조각났던 당신의 내면은 결국 치유되어 통합될 것이다. 지독한 감정은 스스로 정화되고 흘러가려고 할 것이다. 에너지는 본디 흘러가는 것이 자연스럽기 때문이다. 그 자연스러운 에너지 흐름을 허용하고 자신을 회복시키자. 치유와 사랑으로.

트라우마 치유로
과거 교정하기

한 사람의 성격은 어떻게 만들어진다고 생각하는가? 타고난 기질도 있겠지만, 그가 살아온 인생에서 겪은 체험과 그로 인해 생긴 감정이 누적되어 한 사람의 정체성이 형성된다. 따라서 어떤 이의 기억과 감정은 곧 그의 성격이 된다.

과거의 기억을 떠올리고, 부정적인 감정을 느끼고 비워내는 과정에서 기억 교정은 매우 중요하다. 당신은 아마 과거를 회상하고 상처 입었던 어린 시절을 치유하면서 원통한 마음이 들었을 것이다. 사랑하는 자신에게 더 좋은 어린 시절을 줄 수 없다는 것이 안타까울 것이다. 하지만 기억을 원래 모습대로 유지할 필요는 없다. 어차피 기억에는 실체가 없다. 기억과 상상은 둘다 실체가 없다는 것에서 매우 비슷하므로, 상상으로 기억을 교정할 수 있다.

당신의 뇌는 실제 일어난 일과 눈 감고 하는 상상을 잘 구분하지 못한다. 심지어 감정은 실제와 상상을 구분하지 못하고 무분별하게 만들어진다. 따라서 기존의 기억에 '새로운 상상 기억'을 추가로 덧씌우고, '기분 좋은 감정'을 추가 생성시키는 것도 가능하다. 이미 경험해버린 나쁜 기억을 삭제하는 것은 어렵다. 한 번 체험한 걸 무슨 수로 잊어버리겠는가? 하지만 그 위에 '사실은 해피엔딩이었다'라는 추가적인 스토리를 덧붙이는 것은 가능하다. 영화 시나리오를 수정한다고 생각하면 쉽다. 한 영화의 해피엔딩과 새드엔딩은 어떻게 결정되는가? 영화가 진행되는 내내 내용이 슬프든 행복하든 결국 마지막 장면이 어떻게 끝나는지가 엔딩을 결정한다. 영화 초반과 중반에 슬픈 장면이 나오다가도 결국 행복한 결말로 끝나게 된다면 관객은 어떻게 생각하는가? '슬픈 상황 속에 있던 주인공들이 결국 행복해졌으니, 이 영화는 결국 좋게 끝났어, 해피엔딩이지! 모든 슬픔은 다 치유되었고, 전부 필요한 서사였어.' 라고 생각한다. 그것처럼 당신의 기억도 '사실은 해피엔딩이었다.'라고 교정할 수 있다. 맨 마지막 장면을 추가하면 되는 것이다. 물론 이야기 전개상 완벽한 해피엔딩으로 수정하기 어려운 경우도 있다. 과거의 기억이 현재와 매끄럽게 연결되어야 하기 때문에 고치는 것에도 한계가 있다. 이 기억 교정 작업은 결국 '자신이 납득시킬 수 있는 가장 그럴싸한 좋은 기억 심기'라고 할 수 있다.

만약, 어린 시절 부모님의 다툼으로 상처 입은 기억을 치유하려는 상황을 예시로 든다면 이렇게 해볼 수 있다. 부모님이 싸웠던 기억 속에서 상처 입은 아이의 감정을 배출하고(이게 가장 중요하다), 그 시절의 부모님에게 현재의 어른인 내가 가서 훈계를 하는 것이다. 아이 앞에서 이렇게 싸우는 모습을 보여주는 것은 전혀 성숙하지 못하다고 말이다. 그리고 아이에게 화풀이를 하고 윽박질러서 미안하다고 사과하라고 과거의 부모에게 요청하는 것이다. 어른들끼리의 갈등은 아이가 없는 곳에서 해야 하며, 그 갈등으로 아이들이 겁에 질리게 해서는 안 된다고 주의를 주는 것도 좋다. 또는 부모님 사이에서 싸움을 중재하고 갈등을 해소할 수 있게 돕는 것도 괜찮은 시나리오다. 아니면 이것과는 정반대로 다른 시나리오를 추가할 수도 있다. 싸우고 있는 부모님의 집에서 아이를 구출하는 것이다. (사실 나는 이 방식을 가장 추천한다.) 아주 포근하고 따뜻한 상상 속의 집으로 아이를 데려와서 따뜻한 이불을 둘러주고 '안전하다'고 느끼게 해주는 것은 정말 효과적이다. 달콤한 코코아 한잔을 타주면서, 겁에 질린 아이를 품에 안고 달래주자. 그리고 아이에게 부부싸움이라는 개념을 어린아이의 시선으로 설명해주는 것이다. 어른들도 싸울 수 있으며, 엄마 아빠가 사랑하지 않는다고 해서 네가 잘못 태어난 것은 아니라고 말이다. 부모의 싸움으로 인해서 아이가 겁에 질린 이유는, 자신이 부모의 사랑의 결실로 태어난 존재라고 믿고 있기 때문이다. 부모가 싸울 때마다 두려운 이유는 스스로의 존재를 부정당하는 기분이고, 그 갈등 끝에 자신이 부모 한쪽에게서 버림받을지도 모른다는 두려움을 느끼기 때문이다. 자신으로 인해서 부모가 불행에 빠진 것일지도 모른다는 끔찍한 상상에 빠져 있는 것이다. 그 오해와 착각을 풀어줄 필요가있다. 부모의 갈등은 아이의 책임이 아니다. 단지 그들의 문제일 뿐이다.

어린아이에게는 이런 불건강한 생각을 바로잡아줄 어른이 필요하다. 그리고 부모의 싸움이 아이에게 위협으로 느껴지지 않도록 차분하게 상황을 설명하고 달래주는 행위도 필요하다. 또는 폭력적인 환경에서 구출하여 안정을 취할 수 있게 도와주는 것도 중요하다. 그다음, 이날의 기억이 끔찍하기만 하지 않도록 놀이공원에 가서 신나는 추억을 쌓거나, 사랑과 정성이 담긴 도시락을 싸 들고 유원지에 가는 것처럼 새로운 추억을 만들어주는 것도 도움이 된다. 나쁜 기억은 더 좋은 기억으로 중화시킬 필요가 있기 때문이다. 과거의 기억을 어떻게 수정해서 아이를 치유할지는, 내면아이의 결핍을 살펴보면 알 수 있다. 그 시절의 당신은 무엇을 원했을까? 그 시설의 당신은 무엇을 가지고 싶었는가? 그 시절의 당신은 어떤 백마 탄 어른을 기다렸을까? 이곳은 당신의 상상 속이기에, 아이가 가진 대부분의 소망을 당신은 전부 해줄 수 있다. 상상속에서 당신은 어떤 공간도 사물도 구현해낼 수 있으므로, 부유한 보호자로서 추억을 만들어줄 수도 있다. 물론 시나리오를 추가하는데에도 한계가 있기 마련이다. 싸움 끝에 이혼한 부모님을 다시 화해하게 만든다거나, 현재와 너무 다른 기억으로 상상한다면 '과거의 자신'을 속일 수 없을 것이다. 스스로를 속이려면 그럴 싸한 시나리오가 필요하다. 당신이 살고있는 현재는 아이에게 미래일 것이고, 이 미래가 크게 바뀌지 않는 선 내에서 좋은 추억을 쌓아주는 것이 우리가 할 수 있는 최선이다.

어떤 이들은 가짜 기억이 무슨 소용이 있냐고 이야기할 수도 있다. 그들에게 나는 이렇게 말하고 싶다. 이미 지나가버린 과거의 기억은 실체가 없음에도 강력한 힘을 행사하고 있다. 당신의 성격을 이루고 당신의 행동을 제한하며 유도한다. 가짜 기억일지라도 그것이 당신의 기억을 긍정적으로 변화시키고 그럼으로써 '새로운 긍정적인 감정'을 생성해낸다면 그것이 '실제'와 무엇이 다르단 말인가? 우리에게 필요한 것은 인생의 가장 힘든 순간에, 자신을 구하러 와주고 이야기를 들어주는 '단 한 명의 내 편'이다. 절대적인 내 편이 있었다는 사실을 과거의 기억에 심어주는 것이다. 그건 전혀 어렵지 않은 일이다. 그리고 그 효과는 매우 놀라울 정도로 강력하다. 상상해보자. 살아왔던 그 모든 순간에, 내가 힘들고 아플 때마다 달려와서 해결해주는 엄청난 어른이 있었다면 어땠을지 말이다.

어린 시절, 세상의 전부 같았던 부모님의 갈등을 목격한 끔찍한 날. 그 날을 갑자기 나타난 어떤 멋진 어른이 꼬마였던 당신을 가장 행복한 어린이로 만들어주었던 기억으로 바꿀 수 있다. 그 힘은 굉장하다. 당신의 무의식 속에 저장된 특정한 기억이, 쉼 없이 부정적인 감정을 만들었다가 이제는 쉼 없이 긍정적인 감정을 만드는 패턴으로 바뀌어버릴 테니까. 당신의 과거가 불우할수록, 외로웠을수록, 다사다난했을수록, 기억 교정은 더 큰 효과를 발휘할 것이다. 이건 모든 마이너스 값을 플러스 값으로 바꿔버릴 기회다. 과거의 나쁜 기억을 해피엔딩으로 바꾸고 그 아이에게 이렇게 말하자.

"오늘 있었던 일은 언젠가 우리에게 큰 도움이 될 거야. 우리는 이 경험을 통해 성장할 거거든. 오늘의 기억은 너라는 인물이 한층 더 성장하기 위해 필요했던 시련에 지나지 않아. 봐, 우린 이 경험을 통해서 진짜 사랑이 무엇인지 알게 됐어. 그리고 스스로를 사랑하고 지켜내는 법을 연습하게 되었고 말이야. 너는 이 과정을 통해 많은 것들을 알게 될 거야. 진정한 네가 되는 법을, 너답게 사는 법을 말이야. 이날의 기억은 우리를 자라나게 할 양분이 되어줄 거야. 약속할게. 네가 상처 입었던 경험을 통해 배우고 성장하겠다고. 네 고통을 반드시 의미 있게 만들게. 너의 희생과 슬픔은 단 한 톨도 허투루 낭비하지 않을 거야. 이 기억속의 네가 성장한다면 우리는 결국 행복한 미래에 도달할 수 있어. 더 성숙해지고 지혜로워지고 자유로워질 수도 있고. 두 번 다시 불행한 과거를 반복하지 않도록, 내가 바꿔볼게. 날 믿고 기다려줄래?"

과거는 언제나 아프다. 미숙하고 서툴러서, 세상이 완

벽하지 않아서, 사랑이 고파서, 외로워서, 너무 많은 이유로. 하지만 나는 그 아픔이 당신의 한계가 되지 않았으면 좋겠다. 오히려 상처를 통해 성숙해지는 기회를 발견했으면 좋겠다. 자신을 이해하고, 진정한 사랑을 찾고, 스스로를 보호하고 아끼는 법을 익히는 기회가 되었으면 한다. 한 번의 고통으로 끝날 수 있게, 이왕이면 더 깊이 통찰하고 성숙해졌으면 한다. 그 시절의 어린 당신은 무력하게 상처 입을 수밖에 없었을 것이다. 아무것도 몰랐으니까. 너무 연약하고 무지했으니까 말이다. 하지만 지금의 당신이 그 기억을 들여다본다면 뭔가 다른 부분이 보일 것이다. 그때는 보지 못했던 것들을 발견하게 될 것이다. 어린아이의 시선이 아닌, 더 넓은 시야로 과거를 재해석할 필요가 있다. 과거의 불행을 올바로 해석할 필요가 있다. 그게 불행으로부터 배우고 성장하는 방법이다. 그럼으로써 그 시절 당신이 경험했을 슬픔과 고통을 최대한 의미 있고 가치 있게 쓸 수 있다. 아픈 기억을 피해자로서 방치해두는 것은 너무 속상한 일이지 않나? 상처 입은 기억도 보란 듯이 활용하여 거름으로 쓰는 사람이 되자. 어린당신의 슬픔이 낭비되지 않도록, 가치 있는 성장으로 이어지도록, 그것을 통해서 무엇이라도 배우자. 스스로를 지키는 법, 다른 이들에게서 인정과 사랑을 받기 위해 스스로를 망가뜨릴 필요가 없었다는 것, 부모조차도 당신에게 조건적인 사랑을 줄 수 있으니 스스로를 더 사랑해야 한다는 것, 누구에게도 기대지 않고 홀로서는 법을 배울 수도 있다.

순수성은 그 기대와 반대되는 현실을 마주하게 되면 깨어진다. 당신은 순수했던 어린 시절에 누군가 당신에게 친절을 베풀며 보호해주고 사랑해주기를 바랐을 것이다. 그 기대가 깨어졌던 건 필연적인 사건이다. 세상은 우리의 완벽한 보호자가 될 수 없으며, 그럴 의무도 없다. 그렇기 때문에 순수성이 깨어지는 것은 언젠간 일어나야 했을 일이다. 그 충격을 통해서 우리는 진짜 세상을 마주할 수 있었다. 과거의 사건은 어린아이에게 너무나 잔인할 만큼 가슴 아픈 일이겠지만, 어른이 된 당신에게는 다르게 느껴질 것이다. 슬프지만 받아들여야하는 현실을 깨닫고 당신의 세계는 확장되었을 것이다. 상상이 만들어낸 환상 속 동화에서 빠져나와, 무한한 가능성을 품은 진짜 세상을 목격하게 되었을 것이다. 당신은 고통을 통해 진실을 깨달았다. 이 모든 경험은 당신에게 생존하는 법을 알려줬을 것이다. 당신이 기대했던 것보다 잔인하고 냉혹하며 불공정한 이 세상에서 살아남는 법을. 애초에 선택지는 둘 중 하나밖에 없다. 고통스러운 기억을 통해 성장하거나, 아니면 평생 끔찍한 기억에 시달리는 어린아이로 남거나.

과거에 삼켜지지 마라. 오히려 당신의 과거를 먹고 커라. 당신의 고독과 절망을 먹고, 슬픔과 외로움을 먹고, 꼭꼭 씹어 소화시켜라. 그것들을 양분 삼아 더 강인하고 독립적이며 스스로를 사랑하는 인물로 성장하라. 그것이야말로 당신의 상처입은 꼬마에게 줄 수 있는 최고의 선물이다.

당신에게 무조건적인 사랑을 주지 않은 세상을 원망하는가? 그렇다면 그 누구도 주지 않았던 완벽한 사랑을 스스로에게 줌으로써 복수에 성공하라. 누구도 당신을 있는 그대로 바라봐 주지 않고, 평가하고 재단해서 답답

했는가? 그렇다면 스스로 있는 그대로의 자신의 개성을 알아봐주고 받아들여주라. 누구도 해주지 않는다면 스스로 해주면 된다. 진정한 치유는 내부에서 일어나는 것이므로, 세상의 동의 따위는 필요하지 않다. 다른 인물의 어떤 도움도 필요하지 않다. 애초에 상처 입었던 것은 마음이므로, 마음에서 모든 문제를 해결할 수 있다. 기억이 당신을 아프게 했다면 기억을 새롭게 해석하거나 또 다른 아름다운 기억을 심어주자. 그때의 기억을 '뜻깊은 성장의 기회'라고 재해석할 수 있도록 관점을 바꿔보자.

과거의 기억이 더이상 당신을 괴롭히지 않을 때까지, 끊임없이 시간여행을 반복하라. 언젠가 당신의 모든 내면 아이가 치유되고나면, 그제야 비로소 당신의 멈춰 있던 시계가 다시금 흘러가고 있다는 걸 깨닫게 될 것이다. 여태 과거의 영향력에 갇혀 있다가 비로소 '현재'라는 시간대로 완벽히 돌아오게 된 것이다. 과거를 외면해버린 이들, 그래서 과거의 상처를 방치한 이들은 자신도 모르는 새에 과거에 갇혀 살고 있다. 그들은 과거의 흔적에 따라 행동하고 생각하며 그 한계에서 벗어나지 못한다. 하지만 당신은 다르다. 당신은 과거를 통찰력있는 시야로 재해석할 것이다. 그럼으로써 '과거를 통해 성장한 현재'의 당신을 새롭게 변화시킬 것이다. 당신은 더 이상 과거의 잔재와 싸우느라 불필요한 에너지를 소모하지 않게 될 것이다. 대신에 남아도는 모든 에너지를 새로운 미래를 만들어가는 데 전부 투자하게 될 것이다. 실재하지도 않는 과거와 씨름하고, 내면아이들의 부정적인 목소리를 억누르느라 애쓸 필요가 전혀 없다. 치유를 위한 과거 여행은 언젠가 끝이있다. 과거의 모든 상처를 아름다운 기억으로 교정하고 나면, 그것들은 더 이상 장애물이 아닌 조력자로서 당신의 꿈에 협력할 것이다. 그리고 어느 순간 당신은 자신도 모르게 이렇게 말하게 될 것이다.

"내 어린 시절은 꽤 괜찮았어. 그 모든 게 의미 있고, 가치 있었고, 나는 그 안에서 사랑과 성장의 가능성을 발견했어. 그리고 진정한 나를 되찾았지."

아무리 끔찍했던 기억일지라도 고쳐 쓸 수 있다. 그 에피소드들은 단지 당신이라는 인물을 키워내는 데 필요한 서사였을 뿐이다.

감정을 인생의 원동력으로 사용하라

즐거움,

사랑,

기쁨,

설렘과 같은

고진동의 감정으로

마음을 채우라.

좋은 감정이

삶의 원동력이 될 때,

당신은 더 빛나는 미래에

자연스럽게

이끌릴 것이다.

성장 사이클에
적응하기

우리나라에는 사계절이 있다. 그리고 365일 동안 변화무쌍한 날씨를 체험할 수 있다. 어떤 날은 비가 오고, 어떤 날은 눈이 오며, 화창한 날이 있다면 우중충한 구름 낀 날도 있다. 우리는 날씨가 바뀔 때 불편하다고 느끼지만, 날씨를 원망하거나 날씨와 싸우려고 하지는 않는다. 오히려 적응의 대상으로 본다. 감정도 그렇게 대해야 한다.

감정에도 리듬이 있다. 때로는 끝도 없이 바닥으로 내려갔다가, 저 끝을 찍고 다시 천천히 위로 올라가기도 한다. 가장 고점의 기분 좋은 감정 상태에 머물다 어느 순간 천천히 내려간다. 이것은 단순한 감정 기복처럼 보이지만 사실 성장의 사이클이다. 성장의 사이클은 아래와 같은 단계로 진행된다.

인간은 어떤 불편한 상황을 마주한다. 그것을 해결하기 위해서 고군분투한다. 여러 시행착오 끝에 문제를 해결하면 잠시 성취감을 만끽한다. 그리고 또다시 '다른' 불편함을 발견한다. 그리고 불편함을 해결하려고 잠시 그 문제에 심취한다. 하나의 문제에 빠져 있을 때에는 이것만 해결하면 모든 게 편안해지고 완벽하게 느껴질 것 같지만 실제로는 그렇지 않다. 막상 바라던 것을 거머쥐게 되면 더 높이 올라가고 싶고, 또 다른 불편한 것들을 해결하고 싶어진다. 인간이 만족을 모르는 생명체여서 그런 게 아니라, 인간이 끝없이 진화하는 존재이기 때문에 이러한 상태가 반복되는 것이다.

감정을 다루는 것에 익숙해지게 된다면, 언제든 원하는 종류의 감정을 스스로에게 선물할 수 있다. 하지만 그렇다고 해서 '성장하려는 본능'을 거스를 수는 없다. 당신이 아무리 완벽한 삶에 도달해도 또다시 불만족스러운 부분을 발견하고, 그것에 온 신경이 쏠리게 될 것이다. 그 문제를 해결하고 나면 만족감을 느끼겠지만, 또다시 다른 이유로 불만을 느끼게 될 것이다. 이런 사이클 속에서 사람은 한 가지 착각을 할 수 있다.

'아, 내가 이렇게 감정이 좋았다 나빴다 하는 걸 보니 그동안의 노력이 소용없었나 봐. 결국 모든 게 제자리였던 것 같아.'

이런 식으로 당신은 자신의 성장을 의심하게 될 것이다. 하지만 조금 더 깊이 생각해보자. 당신이 불편함을 느끼지 않았다면, 정말 가진 것에 만족하고 감사해하기만 했다면 더 성장할 수 있었을까? 더 성숙해질 수 있었을까? 더 좋은 것을 누릴 수 있었을까? 그럴 수 없었을 것이다.

성장하고자 하는 욕심이 없더라도 매 순간 더 나은 답을 찾으려고 하는 것이 인간의 본능이다. 그래서 이 본능은 당신을 안주할 수 없게 만든다. 성장하고자 하는 인간의 본능은, 우리를 끊임없이 불편하게 만들거나 '심심하게' 만든다. 당신은 성공한 이들이 때때로 공허하거나 무료하거나 허무에 빠졌다는 이야기를 들어봤을 것이다. 그리고 가질 만큼 가진 성공한 사람들이 끝없이 도전하고 성취를 멈추지 않는 것을 보고 신기해했을 것이다. 당신이 그들의 입장이었다면, 현재의 부와 업적에 만족하고 이제 그만 은퇴하고 놀 거라고 생각했을 테니까 말이다. 하지만 당신이 정말 그들의 입장이 된다면 그들과 같이 행동했을 것이다. 더 나은 상태로 나아가는 것을 멈추지 않았을 것이다. 왜냐하면 인간의 본능은 끊임없이 불만족스러운 것들을 찾아내고, 그 문제를 해결하도록 유도하기 때문이다.

자, 당신이 무엇을 이루게 되었든 당신은 결국 불만족스러운 상태에 또다시 빠지게 될 것이다. 이것은 다시 불행이라는 원점에 돌아왔다는 뜻이 아니다. 다음 챕터에 진입했다는 뜻이다. 새로운 게임에서, 새로운 보상을 실고, 새로운 도전을 시작했다는 뜻이다. 난이도도 한층 더 높아졌을 것이다. 이전 챕터와는 다른 전략으로 접근해야 승리할 수 있다. 과거의 경험이 도움이 될 수도 있겠지만, 전혀 새로운 전략으로 공략해야 이 게임을 클리어할 수 있다.

인생이 끊임없는 숙제의 연속으로 느껴지는 이유는, 우리가 끝도 없이 성장하고 번영하려는 본능을 가지고 있기 때문이다.

인간은 더 나은 삶을 욕심내고, 변화하고, 성장하고자 한다. 가진것에 만족할 줄 모르는 욕심 많은 존재여서가 아니다. 이건 단지 본능일 뿐이다. 부정적인 에너지를 발생시키는 문제를 하나씩 해결하다 보니까 점점 더 높은 곳으로 도달하게 되는 것이다. 그러니 당신의 기분이 좋아졌다가 나빠졌다가를 반복하고 있다고 해서 '제자리걸음'이라고 착각하지 말기를 바란다. 단지 본능에 따라 또다시 성장하고 있다는 뜻이니까. 설령 과거와 비슷한 문제에 시달리고 있다고 할지라도, 과거의 당신과 지금의 당신은 연륜도 다르고 관점도 다르다. 과거와는 다른 관점에서 문제를 마주하고 있을 테니, 여전히 성장중이라고 볼 수 있다.

　성장의 사이클이 인생 전반에 반복된다고해서 피로감을 느낄 필요는 없다. 나는 이 성장의 사이클을 적절하게 즐기고 있다. 사실 감정 리듬 속에서 가장 짜릿한 구간은 '상승 구간'이겠지만, 그 구간이 영원히 지속될 수는 없다. 처음에는 어떤 불편함을 감지하고 점점 기분이 천천히 가라앉는 느낌이 든다. 그 기간은 며칠이 될 수도 몇 주나 몇 달이 될 수도 있다. 그걸 그냥 방치하며 계속해서 긴 시간 동안 가라앉는 느낌 속에 머물수도 있다. 하지만 이 상태를 인식하고 '아, 이 불편한 문제 때문에 내 마음이 계속 가라앉고 있구나'라고 자각한다면, 의도적으로 감정의 뿌리를 들여다볼 수 있다. 감정을 더 깊이 더 집중적으로 음미하다 보면 '어떤 생각'이 스스로를 한계짓고 있는지, '어떤 고정관념'이 교정돼야 하는지, '어떤 믿음'이 걸림돌이 되고 있는지 알 수 있다. 내가 바라는 상태에 도달하기 위해 '저항하고 있는 마음'을 자각해야 한다. 그것은 특정한 신념이거나 고정관념일 수도 있고, 과거의 경험에서 비롯된 상처일 수도 있다. 무엇이 되

었든 내가 앞으로 나아가고자 하는 상태에 저항하고 있
다면 치유 또는 교정이 필요하다. 이때 부정적인 감정에
매몰되지 않고 원인을 추리해나가면 더 명확한 단서를
찾을 수 있다. 그다음, 마음속의 장애물을 제거한다면 더
자유롭게 새로운 가치관을 재정립 할 수 있다. 그럼으로
써 스스로를 제한하던 모든 생각으로부터 자유로워지고,
더 힘껏 도전할 수 있고 더 열정적으로 질주할 수 있다.
그때가 가장 짜릿하고 재밌는 상승 구간이다. 평생 동안
안 될 거라고 생각했던 생각의 한계를 스스로 깨부수고
해방감을 맛보는 그 짜릿한 순간은, 게임 클리어의 가장
명확한 증표다. 그다음에는 잠시 동안 성취와 행복에 젖
어 있다가, 평온했다가, 다시 천천히 지루해진다. 이미 이
룬 것들에 점차 익숙해지기 때문이다. 그다음 또다시 천
천히 가라앉는 과정에서 새로운 문제와 걸림돌을 발견한
다. 이제 다음 챕터에 진입하게 된 것이다. 이 다음 챕터
에서도 전과 같은 과정이 또다시 반복될 것이다.

이처럼 감정의 리듬은 최고점을 찍고 천천히 내려갔다
가, 최저점을 찍고 다시 올라온다. 이것은 매우 자연스러
운 현상이다. 이 원형의 성장 사이클이 반복된다고해서

당신이 제자리걸음 하고있다는 뜻은 아니다. 의식 성장의 과정에서 감정의 고저가 반복되고 있지만, 감정을 느끼는 주체인 나는 점점 더 성숙해지고 있으니까 변화는 누적되어 일어나고 있다. 이 모든 경험치는 당신의 내면에 쌓이고 있다. 그리고 당신이 과거에 통찰했던 문제에 더 이상 시달리지 않게 되었다면 영구적인 변화를 일으킨 셈이다.

당신이 감정을 다루는 것에 익숙해진다고 할지라도, 심지어 모든 과거를 치유하고 내면 작업을 마쳤다고 할지라도 숙제는 끝없이 올라올 것이다. 이제 더 고칠 과거가 없다면, 당신은 더 나은 미래로 나아가기 위해서 현재의 자신을 변화시키는 데에 이 감정 컨트롤 스킬을 쓰게 될 것이다. 이 과정에서 감정이 플러스 상태에만 머물러 있을 거라는 착각에 빠져서는 안 된다. 감정의 사이클은 더 높은 곳에 도달하기 위해서 더 깊은 마이너스 감정을 디딤돌로 쓴다. 더 큰 행복을 체험하기 위해서는, 스스로를 제한하고있는 부정적인 감정을 마주하고 그것을 반동 삼아 점핑해야 한다. 즉, 현재 상황에 불만족을 느껴야만 그 안에서 돌파구를 찾고 더 높은 이상향에 도달할 수 있다는 뜻이다.

이 감정 리듬에 익숙해진다면 당신은 의도적으로 사이클을 역이용할 수도 있다. 마이너스 에너지 파장에 머무는 시간을 의도적으로 단축하는 방법도 존재하는데, 불편한 감정의 원인을 더 빨리 파악할수록 체류 시간이 짧아진다. 문제의 원인은 결국 마이너스 감정을 얼마나 선명하게 느끼고 파악하느냐에 달려 있으므로, 기분 나쁜 감정을 피하지 않고 온전히 마주하고 음미하여 정체를 빠르게 추리한다면 더 빨리 이 감정에서 벗어날 수 있다. 감정을 하나의 '에너지 상태'라고 생각하는 사람은 자신의 내면에서 폭풍우가 몰아쳐도 두려워하지 않는다. 지금 느끼는 감정은 아주 잠시 유지될 뿐이며, 퀴즈를 풀고 나면 지나가버릴 것을 알기 때문이다.

반대로 감정을 두려워하면 이런 과감한 작업을 진행할 수 없다. 감정에 많은 의미 부여를 하고 감정을 자신과 동일시하거나 감정이 자신을 집어삼키고 휘둘러버릴 거라고 생각하는 이들은, 이 성장의 사이클에 적응하기 어

렵다. 거부하고 저항하다가 감정을 통제 불능한 상황이
올 때까지 쌓고 방치할 테니 말이다. 결국 부정적인 감정
에 질질 끌려다니다가, 우울과 고통의 밑바닥으로 끌려
내려 갈 것이다. 스스로 통제권이있다는 사실을 망각하
고, 누군가 자신을 도와주기를 바라면서 말이다. 당신이
다른 누군가의 도움으로 감정에서 빠져나오고 싶어 한
다는 걸 안다. 그래서 세상의 친절을 기대하고 행운을 기
다리고 있다는 것도 안다. 하지만 그런 외부적인 요소에
당신의 행복을 도박처럼 내맡길 수는 없다. 누군가의 도
움을 받아 위기에서 빠져나오는 것은 쉬워보이지만 실상
은 전혀 쉽지 않다. 그런 귀인을 기다릴 바에야 스스로를
돕는게 훨씬 빠르고 효과적이며 뒤탈이 없다.

자신의 행복은 스스로 책임지도록 하자. 자신의 아픔
도 스스로 책임지도록 하자. 그리고 마음껏 행복해지자.
감정에 휘둘리지 않고, 오히려 감정을 자유자재로 활용
하며 그것의 주인이 되도록 하자. 감정의 리듬을 두려워
하기보다는, 이 성장의 사이클이 이번에는 당신에게 어
떤 깨달음을 선물해 줄지 기대해 보자. 어제보다 더 지혜

로워진, 그래서 과거의 문제에 더 이상 시달리지 않는 자
신으로 변화하는 것을 두려워 말자.

감정을 양분 삼아
성장하는 방법

감정을 이해하고, 감정에 적응하고, 감정과 교감해보자. 그럼으로써 감정과 친구가 되고, 친밀해지면 마침내 감정을 활용할 수 있을 것이다. 감정은 당신을 성장시키고 더 많은 것들을 누리도록 도울 것이다. 당신은 그동안 감정을 억누르려 애쓰다가 그것에 휘둘렸을 것이다. 하지만 당신이 감정의 통제권을 되찾고 이것을 적극활용한다면, 인생의 강력한 원동력을 만들어낼 수 있다. 무한한 열정과 사랑의 에너지를 계속해서 만들어낼 수 있다면, 더 이상 인내하고 애쓸 필요가 없다. 감정이 당신을 리드할 것이기 때문이다. 이 원동력은 자연스럽게 당신을 더 나은 삶으로 이끌어줄 것이다.

　감정은 이유 없이 당신을 불편하게 하지 않는다. 그 불편한 지점에는 반드시 당신이 알아야 할 진실이 있다. 당신의 무지와 순수성이 깨어지고, 세상의 진실을 적나라하게 마주한 뒤에 적응할 수 있도록 감정은 돕고 있다. 당신이 무엇을 바라든 세상은 당신의 기대에 부응하지 않는다. 하지만 그 냉혹한 현실을 깨닫고 인정한다면 당신은 스스로 원하는 것을 쟁취하는 법을 찾아나서게 될 것이다. 기대와 실망, 절망과 슬픔을 통해서 진실을 깨달으라. 그리고 분노와 짜증 속에서 열정을 보라. 질투 속에서 당신의 잠재력을 마주하라. 당신도 할 수 있다는, 해내고 싶다는 내면의 외침을 들으라. 스스로를 억누르고 재단하고 기죽이는 모든 과거를 교정하여, 마침내 열정적인 자신을 마주하라. 스스로에게, 그 어린 내면아이에게 무엇이 되고 싶으냐고 물어라. 그리고 네가 원하는 그것을 세상이 공짜로 주지는 않을 거라고, 네가 스스로 얻어야 할 것이라고 말하라. 사람들이 말하는 정답이 틀렸을 수도 있다고, 진실한 인생의 방향성은 네 안에서 찾아야 한다고 스스로에게 속삭여라. 그리고, 당신의 부정적인 감정과 교감하라. 스스로의 연약함, 아집과 오만, 두려움을 마주하라. 한 생명을 키워내는 성숙한 양육자의 마음으로 당신이라는 아이를 아주 지혜롭고 사랑스러운 존재로 키워내라.

필연적인 성장의 사이클 속에서, 또다시 끔찍한 감정의 밑바닥으로 가라앉는 기분이 들 때 생각하라. 이번에는 또 어떤 보물을 발견하려고 잠수하는 중인 걸까? 지금은 어렵겠지만 분명 이 문제를 아무렇지 않게 해결하는 순간이 찾아올 것이다. 무리해서 속도 낼 필요는 없다. 문제를 해결하고 또다시 감정의 고점을 찍더라도, 시간이 지나면 또 다음 챕터에서 밑바닥으로 가라앉게 될 테니까. 이 감정의 리듬, 성장의 사이클 자체를 즐겨라. 세상은 당신에게 다양한 것들을 체험하게 하고, 다양한 감정을 통해 성장케 한다. 당신은 가지고 싶은 게 너무 많아서, 이루고 싶은 것도 너무 많아서 매일 성장하고 있을 뿐이다. 언젠가 이 성장 사이클에 익숙해지고 나면 다음 보상이 기대될 것이다. 지금까지도 충분히 많은 성과를 이루었는데, 얼마나 더 멋진 체험을 하려고 나를 이렇게까지 밑바닥으로 끌고 내려가는 걸까? 하고 말이다.

그 감정에 매몰되어 있을 때는 보이지 않았던 것들이, 그 문제를 해결하고 나서야 비로소 보일때가 있다. 어린 시절에는 당신의 과거가 그저 원망스럽고 불행한 사건으로만 느껴졌을 것이다. 하지만 그 경험이 당신을 더 성숙한 사람으로 만들어주었다는 것을 부정할 수 없다. 우리가 그토록 아프지 않았더라면, 지금의 삶에 도달할 수 있었을까? 우리가 그토록 외롭지 않았더라면, 진실한 사랑을 찾아낼 수 있었을까? 사랑을 알기 위해 사랑과 거리가 먼 것들을 체험해야만 했던 것이다. 진정 무엇을 원하는지 찾아내기 위해서, 원치 않는 것들과 씨름하는 것은 필연적이다. 자신을 깨닫기 위해, 세상을 깨닫기 위해, 진짜 원하는 걸 알아내기 위해서 말이다. 우리는 이 모든 희로애락을 체험하고 그로부터 성장했다. 감정을 받아들였든 외면했든, 사실 당신조차 알게 모르게 많은 성장을 거쳐왔을 것이다. 나는 그 여정이 굉장히 자랑스럽고 기특하고 대단하다고 생각한다.

살아 있는 것만으로 감당해야 할 감정의 무게가 있다. 당신은 이미 오랜세월 그 무게를 견뎌왔다. 그리고 지금도 견디고 있다. 그러니 당신은 충분히 강하다. 당신에겐 인생의 새로운 챕터로 나아갈 힘이 이미 존재한다. 자, 과거로 떠나는 것을 주저하지 말자. 지난 기억을 돌아보고 그 일이 왜 일어났는지, 그리고 우리는 그 안에서 무엇을 바꿀 수 있을지 스스로 오답 풀이를 해보자. 그리고 세상에 빼앗겼던 인생의 주도권을 되찾아오자. 행복해질 열쇠는 밖에 없으며, 처음부터 당신 손아귀에 있었다. 이제는 그 손바닥을 펼쳐 열쇠를 활용할 때이다. 마음을 보살피는 것, 감정을 이해하고 느껴보는 것, 새로운 감정 패턴을 만드는 것. 그 모든 게 당신의 자유를 보장해줄 것이다. 마음껏 행복해질 자유를.

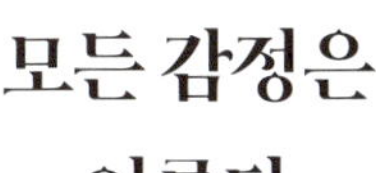

모든 감정은
이롭다

마지막으로 당신에게 이 선물을 주고 싶다. 이건 하나의 믿음이다. 당신의 삶을 더 쉽게 변화시킬 '새로운 감정 패턴'이다. 앞으로 모든 감정이 당신에게 이롭다고 생각해보자. 그렇게 마음먹는다면, 당신은 앞으로 '각 감정이 주는 이로운 점'을 발견할 수 있을 것이다. 감정은 실제로 당신에게 이롭게 작용한다. 당신이 그 장점을 보려고 하지 않았기 때문에 놓쳤을 뿐이다.

불안은 당신에게 더 나은 답을 찾아보라고 부추긴다. 당신이 안일하게 상황을 방치하다가 어떤 위기에 빠지지 않도록 '스스로를 의심하게' 만든다. 당신이 더 나은 선택지를 찾고, 더 나은 전략을 생각해낼 수 있도록 재촉한다. 살아가면서 완벽하게 불안을 떨쳐낼 수 없는 이유도 여기에 있다. 불안은 당신에게 선생님처럼 '다시 한 번 생각해볼래? 이대로 괜찮겠니?'라는 질문을 던지고 있는 것이다. 이런 생각은 당신이 인생을 살아가는 데 필요한 보조적 역할을 해준다. 당신이 잘못된 선택을 내리지 않도록, 더 나은 선택지를 고를 수 있게 도와주는 것이다.

두려움은 당신에게 다양한 위험을 대비하라고 경고한다. 당신은 살아가면서 사람을 새롭게 만나기도 하고, 어떤 새로운 환경을 만나기도 한다. 새로운 것들은 아직 파악되지 않은 미지의 영역에 해당된다. 이 미지의 영역에 어떤 위험 요소가 있을지 모르므로, 그것에 대비할 필요가 있다. 이때 두려움이라는 감정이 당신을 대비시킨다. 일어날 수 있는 모든 위험 요소를 상상하게 만들고, 그때 어떻게 대처하면 좋을지 나름의 대응책을 떠올릴 때까지 두려움은 계속해서 올라올 것이다. 이때 두려움을 무작정 없애려고 하기보다는, 그 두려운 상상이 주는 미션을 해결하는 편이 더 효과적이다. 두려움이 주는 상상속에서 가능한 모든 방식으로 대응하는 연습을 해보자. 그다음, 이런 식으로 마음의 준비를 하면 완벽하다. '내가 이 정도로 문제를 대비했음에도 나쁜 상황이 벌어진다면 그건 어쩔 수 없는 일이다.' 이처럼 최후의 항복을 선언한 뒤에 담대한 마음으로 나아간다면 두려움이 더 이상 당신을 괴롭힐 수 없다. 두려움이라는 교관은 '음, 내 역할은 충분히 한 것 같군' 라고 말하며 사라질 것이다. 두려움은 아주 좋은 선생이다. 이 거칠고 험한 세상 속에, 당신을 지켜내기 위해서 강인해질 때까지 훈련시키는 교관이라고 할 수 있다.

분노도 마찬가지로 당신에게 매우 중요한 역할을 하고 있다. 분노는 스스로를 지키기 위해 작동되는 생존 본능이다. 외부로부터 당신이 위협받는 순간 분노가 올라올 것이고, 이 분노를 통해서 당신은 스스로를 지킬 수 있다. 분노를 느끼는 순간에는 당신이 평소보다 더 충동적이 되고, 남들의 눈치를 덜 보고, 자신을 위해 목소리를 낼 것이다. 만약 분노라는 감정이 제대로 작동하지 않는다면, 당신은 착한 아이 콤플렉스에 빠져 남들에게 그 어떤 거절도 내뱉지 못하고 인생의 자원과 주도권을 모두 내어줬을 것이다. 물론 분노가 과도하게 만들어져서 곤란한 경우가 있기도 하지만, 이 부분은 스스로의 마음을 이해하고 돌보면 충분히 진정시킬 수 있다.

당신은 스스로 위협받았을 때 뿐만 아니라, 당신이 가지고 있는 것들을 지키기 위해서 분노를 생성하기도 한다. 당신의 시간, 당신의 돈, 당신의 일, 당신이 아끼는 사람들, 당신이 소중하게 여기는 모든 것들, 심지어는 당신이 기대했던 무언가가 이루어지지 않았다고 분노하는 경우도 있다. 만약 당신이 불필요하게 분노하는 감정 습관이 있어서 피곤하다면, 무엇이 내 것이고 무엇이 내 것이 아닌지 구분하면 된다. 당신의 기대가 뜻대로 되지 않아서 분노한 경험이 있다면, 당신의 기대를 타인도 세상도 동조해줄 의무가 없음을 깨달으면 된다. 그 기대는 처음부터 당연히 이루어지리라 보장된 적 없으며, 당신이 기대했던 것들이 애초에 당신의 소유도 아니었으므로, 그것을 가지지 못했다고 화낼 필요는 없다. 내가 무엇을 '내 것'이라고 생각하고 지키려고 했는지를 살펴보면 분노의 작동 범위를 조절할 수 있다. 물론 이미 만들어진 분노를 다 비워내야 이런 이성적인 '감정 패턴 교정 작업'을 할 수 있다. 감정적인 상태에서는 저항감 때문에 패턴 교정이 힘들다.

이런 식으로 대부분의 사람들이 불편하다고 생각하는 감정도 당신을 위해 일하고 있다. 당신이 감정을 제어할 줄만 안다면 모든 감정은 유용하게 활용될 수 있다. 그동안은 각 감정의 사용법을 몰라 헤맸을 뿐이고, 앞으로는 분명 달라질 것이다. 만약에 당신이 감정을 억누르는 습관을 오래 유지해왔다면, 감정을 느끼는 감각이 둔감해졌을 수도 있다. 감정적으로 무뎌지면 부정적인 감정뿐만 아니라 긍정적인 감정 또한 잘 느낄 수 없게 된다. 그래서 인생이 무미건조해지고 의욕 또한 사라질 수 있다. 고작 불편한 감정 하나 회피하려고 감정이 주는 기쁨마저 포기하지 않았으면 좋겠다. 감정은 더 균형 잡힌 삶을 살 수 있도록 보조해 주는 도구다. 우리가 느낄 수 있는 모든 행복과 기쁨도 감정을 통해서 얻을 수 있으므로, 이것들을 잘 활용하면 삶이 다채로워질 것이다.

세상에는 당신을 불쾌하게 만들 만한 것들도 많지만, 반대로 당신을 행복해서 눈물 나게 하는 일들도 정말 많다. 일상 속에서 그 어떤 즐거움도 기쁨도 느끼지 못한다는 건 당신의 마음이 망가져버렸다는 뜻이다. 마음을 회복시키면 좋은 감정을 더 쉽게 느낄 수 있다. 그 행복을 당신도 누렸으면 좋겠다. 더 이상 어떤 감정도 두려워하지 않고, 마음껏 울고 웃고 쏟아내며 행복을 만끽했으면 좋겠다.

감정에 휘둘리던 세월은 이제 끝났다. 감정은 더 이상 장애물이 아닌, 당신의 삶을 변화시킬 가장 강력한 무기로 작동될 것이다.

다음 이야기가
궁금하다면

감정을 다루는 방법에 대해 더 자세히 알고 싶다면 내가 운영하는 유튜브 채널에 올라간 영상들을 시청해보길 바란다. 채널에는 수백 개의 영상들이 올라가 있는데, 〈감정학교〉 수업을 통해서 각각의 감정을 이해하고 다루는 방법도 배울 수 있다. 그것뿐만 아니라 각 감정을 어떻게 느끼고 비워내야 하는지 하나하나 목소리로 안내해주는 감정 정화 명상도 올려두었다. 트라우마 치유는 혼자 하기에 부담되는 작업이라 이것도 명상 동영상으로 제작해서 올려두었으니 적극 활용해보기를 바란다.

사실, 이 책 한 권에 모든 감정 다루기 스킬을 담는 건 어려운 일이다. 요즘 같은 시대에 너무 두꺼운 책은 독자들이 부담을 느끼기도 해서, 분량을 줄이느라 무척 힘들었다. 고심 끝에 누가 읽더라도 가장 필요한 이야기들만 엄선해서 책 내용을 구성했다. 이제 막 감정의 정체를 파악한 당신은, 감정에 대한 무한한 호기심이 올라올 것이다. 그 호기심을 채워줄 수백개의 강의가 이미 준비되어 있다. 원하는 감정을 생성하기 위한 다양한 스킬과, 과거의 기억을 교정하여 성격을 바꿔버리는 것도 가능하고, 앞으로 나아갈 미래에 장애물이 되는 고정관념을 뿌리 뽑는 것도 가능하다. 원하는 느낌을 마음속에 가득 채우는 것, 그 에너지가 매일 자동으로 퐁퐁 샘솟게 하는 것도 가능하다. 또, 기분 좋은 감정을 더 크게 증폭해서 느끼는 것도 가능하고, 타인에게 감정을 전달하는 방법도 알려줄 수 있다.

이 책 곳곳에 당신의 호기심과 열정을 자극하는 에너지를 넣어두었는데, 그게 당신의 마음에 잘 전해졌으면 좋겠다. 나는 누군가 나로 인해서 이러한 깨달음을 얻는 순간이 최고로 짜릿하다. 그중에서도 가장 하이라이트는, 바로 기쁨의 눈물이라고 할 수 있겠다. 환희, 열정, 삶에 대한 열의와 경이로움, 그 안에서 터져나오는 눈물은 정말이지 황홀하다. 살면서 느껴본 다양한 감정 중에서 내가 제일 좋아하는 맛이다. 나는 이 맛을 계속해서 느끼고, 증폭하고, 세상에 퍼뜨리기 위해서 메시지를 전하고 있다. 어떤 메시지는 내가 오랫동안 연구해왔던 에너지 스킬이고, 어떤 메시지는 인간관계에서 어려움이 많은 분들을 위해 만든 처세술이기도 하다. 이 방대한 자료는 팬카페, 유튜브 채널, 블로그, 인스타그램에 공유되어 있으니 곳곳에 숨겨져있는 보물을 하나하나 찾아보는 즐거움을 느끼기 바란다.

　지금까지 내가 진행했던 프로젝트 중에서 가장 재미있었던 걸 하나 꼽아본다면, 집단의 기억을 교정하기 위해 진행한 '추억 조작'시리즈다. 그동안 나의 교육 자료를 통해서 많은 사람들이 스스로를 치유하고 행복한 인생을 살게 되었는데, 그들이 공통적으로 이야기하는 아쉬움이 바로 이거였다. 나를 너무 늦게 알게 되어 자신의 어린 시절이 불쌍하다는 것이었다. 물론 과거의 기억을 교정하고 치유함으로써 마음은 한결 나아졌지만, 지금 자신이 느끼는 이 행복과 즐거움을 어린 시절의 자신에게도 선물하고 싶다고 말하는 분들이 많았다. 그래서 모두의 추억을 더 생생하게 바꾸고자 아주 재미난 아이디어를 떠올렸다. 내가 생방송에서 교복을 입고 10대로 돌아간 것처럼 시청자들과 학창시절을 상황극해보는 것이다! 30대의 나이에 교복을 입고 생각할 정도로 내는게 쉽지는 않았지만, 무척 재미있었다. 우리 모두 타임머신을 타고 과거로 돌아가 그 시절을 실제처럼 연출했다. 단짝 친구가 되어 서로의 생일을 축하해주고, 학교가 끝나면 친구 집에 놀러 가서 하룻밤 자고, 방학 때 모여서 같이 숙제를 하고, 수련회에서 추억도 쌓고, 풋풋한 첫사랑 이야기도 하면서, 학교 근처에 파는 불량 식품과 야식도 먹고, 꿈이나 미래에 대한 고민도 털어놓으면서 '진짜 친구'와 학창 시절에 했을 법한 것들을 해봤던 것이다. 결론적으로 이 역할극에 참여했던 모두가 아름다운 10대 시절을 간직하게 되었다. 처음에 이 획기적인 아이디어를 오픈했을 때 팬분들은 이 상황극으로 과연 학창 시절을 교정할 수 있을지 의문을 가졌으나, 효과를 체험하곤 깜짝 놀랐다. 잠결에 무의식적으로 '나는 정말 행복한 학창시절을 보냈지. 내겐 너무나 소중한 친구들이 있고 말이야.'라고 생각할 정도로 효과가 강력했던 것이다! 이 추억조작에 참여한 모두가 동일한 체험을 했다. 더 이상 과거를 떠올리면 외롭거나 슬프지 않고, 과거부터 현재까지 쭉 행복한 사람으로 스스로를 받아들이게 되었다. 그들은 더 이상 결핍에 시달리며 누군가의 눈치를 보거나 위축되지도 않았다. 더 밝고, 자신만만하고, 마음의 여유가 넘치는, 마치 사랑하는 친구들이 아주 많은 새로운 자신으로 다시 태어난 것 같다며 놀라워했다. 집에서 사랑받는 사람은 밖에서도 티가 난다고 하지 않는가? 행복한 어린 시절을 보낸 사람은 성인이 되어서도 티가 나기 마련이다. 나를 비롯한 나의 팬들의 얼굴에는 그늘 한 점 없다. 그들을 보면 누구라도 이렇게 말한다.

"되게 사랑 많이 받으면서 크셨나 봐요. 주변에 좋은 사람이 많으셨을 것 같아요. 사랑을 표현하는 것도, 친절을 받는 것도 익숙해 보이세요."

이제 이런 말쯤은 다들 질리도록 듣고있다. 나는 그때마다 내가 세상에 공유한 감정 정화 스킬과 기억 교정 스킬의 영향력을 실감하고 큰 뿌듯함을 느낀다. 이 놀라운 에너지 작업은 스스로를 치유하는 것에서 그치지 않고, 자신을 완전히 새로운 사람으로 다시 태어나게 만든다. 좋은 에너지를 보유한 사람은 누구에게나 좋은 인상을 남긴다. 좋은 에너지를 풍기는 사람에게는 행운도 들러붙고 귀인도 들러붙는다. 이것은 에너지 법칙에 따라서 자연스럽게 일어나는 현상이므로, 단지 마음을 치유하는 것 하나로 이 모든 효과를 덤으로 얻어갈 수 있다. 참, 이 추억 조작 시리즈 영상을 시청하고 싶다면 내 유튜브 채널에 올라가 있으니 언제라도 볼 수 있다.

아무튼 나는 이렇게 매년 혁신적이고 재밌는 프로젝트를 기획한다. 작년 2025년에는 강남역에서 300평 규모의 전시회를 진행하기도 했다. 2200명의 관람객이 나의 전시회에서 그림을 통해 강력한 감정에너지 순환을 체험했다. 이곳에 걸린 나의 미술 작품을 통해서 모두가 자신의 감정을 마주하고, 기분 좋은 감정을 느껴보고, 원하는 감정상태를 체험했다. 단순히 그림을 봤을 뿐인데 너무 행복해서 눈물을 흘릴 수 있다니, 이게 믿어지는가? 어떤 그림을 통해서 행복한 어린시절의 기억을 일깨우고 추억을 회상할 수 있다면? 자신도 몰랐던 스스로의 열정과 사랑을 그림을 바라봄으로써 깨울 수 있다면? 이 모든 놀라운 일들이 모두 나의 전시장에서 일어난 일이다! 아직도 수천 명의 관람객들이 울고 웃고 환희를 느끼며 전시장에서 훌쩍이다 아이처럼 웃던 모습이 생생하게 떠오른다. 매년 진행하는 놀라운 프로젝트에 당신도 빨리 합류하기를 바란다. 감정을 자유자재로 활용하면 무한한 원동력을 얻을 수 있다. 나의 기쁨을 무한대로 증폭하여 세상에 나누는 게 얼마나 멋진 일인지. 나와 함께하는 사람들이 얼마나 행복하고 에너지 넘치는지 팬카페에 올라온 경험담도 꼭 읽어보기를 바란다. 그들처럼 당신도 행운아가 될 수 있고, 매일매일 즐겁고 짜릿한 인생을 살 수 있다.

만약 당신 주변에 감정 때문에 힘들어하는 사람이 있다면 그에게 이 책을 소개해주기를 바란다. 이 세상에 감정 때문에 고통받는 사람들이 줄어들고, 모두가 감정으로 인해 더 행복해지는 인생을 살고, 그런 아름다운 세상을 두 눈으로 확인하는 게 내 꿈이다. 나에게서 시작된 꿈이 책이라는 매개체를 통해 당신에게 전해지고, 또 다른 어떤 이들에게 전해지며, 나아가 지구 반대편까지 널리 전해지기를, 설레는 마음으로 그려본다.

운명을 바꾸는 감정의 비밀

: 감정의 비밀을 이해한 자만이 행복의 비밀에 접근할 수 있다

초판 1쇄 인쇄 2026년 4월 22일
초판 4쇄 인쇄 2026년 4월 30일

지은이　판도라 킴
기획　조영훈
편집　조영훈
디자인　말리북 최윤선, 조여름
마케팅　정호윤, 김민지, 송유경, 김은주, 최서환, 신비
펴낸곳　모티브
이메일　motive@billionairecorp.com

ISBN 979-11-24370-50-6(03810)